GOBOOKS & SITAK GROUP©

三日月書版

輕世代
FW112

幽鬼宅急便

02 哈囉！請問你認識這個鬼嗎？

俗人 著
言一 繪

三日月書版

穆方

男，十七歲的高三學生。父親姓穆，母親姓方，兩人姓氏合在一起偷懶取了這個名字。
學校所有曠課和處分的最高紀錄保持人，堪稱老師和家長眼中最完美的反面典型。
不過鮮為人知的是，穆方是因為家裡欠下外債才故意自暴自棄，
想斷了父母的大學夢，以便早日輟學打工賺錢。

為人處事大大咧咧，看似很不可靠，
實際上很有原則，被老薛選中成為新
任三界郵差，替死人送信。

韓青青

女，十六歲，明星高中高二學生，與穆方不同校。

穆方因為追蹤靈體，誤入女更衣室，撞到韓青青換內衣，就此相識。

後又因為一連串事件不斷發生交集，成為穆方的紅顏知己。

不過兩個人在一起時少有和諧，反倒鬥嘴揭短的時候較多。

幽鬼宅急便

目錄

AIR MAIL

01

郵差的大忌

從石頭村回去之後，穆方躺在家裡三天都沒出門。一是因為被村人灌酒，這幾天都還在宿醉，頭痛得不行；另外一個理由則是心痛那些黃金。而最讓穆方氣憤的是，當宋逸來知道石頭村的事情之後，更是把他當成了那種視金錢如糞土的方外高人。

拿那麼多黃金煉化惡靈，卻連眼睛都不眨，能不是高人嗎？

為了表示對高人的敬意，宋逸來壓根不敢提金錢報酬，反而學那些文人雅士，給穆方弄了好幾本翻印的道家典籍，還再三強調那些典籍有多珍貴。

如果送給虔誠信徒或真正對佛道有研究的人，那些典籍的確珍貴，但對穆方這個俗人來說，卻連擦屁股都嫌硬。

要送你就送古籍正本啊，至少還能賣錢，這些都是翻印的，想賣還不見得有人要買呢。

除了這些，阿牛給的那塊玉片也讓穆方很煩惱。

老薛說那玉片是一塊碎片，完整的玉珮乃是靈界至寶。但即便只是碎片，也是極為珍貴的寶物，可以作為法器使用。

玉片對凡人沒什麼用處，靈體帶在身上卻可滋養靈力，而得到的碎片越多越有好處，若是組合完整，更是有超乎想像的力量。

穆方雖然不是靈體，但身為三界郵差，將玉片帶在身上同樣也能增強靈力。

老薛說得神神祕祕，但在穆方看來等於什麼都沒說。如果能選擇的話，拿這玉片還不如拿黃金。

那都是錢啊，貨真價實的錢……

之後的十幾天，穆方又完成了幾個送信任務。沒什麼難度，也沒什麼油水。雖然拿回的東西老薛說還不錯，但穆方卻沒興趣。他只是想讓父母回國，一家團聚，那些靈物就算再珍貴也不能換成錢，遠沒有黃金來得實用。

在穆方的碎碎念中，一個重要的日子來臨了。

開學！

清晨，因為學校禁止學生騎機車上學，穆方一早就背著書包去搭公車。到了桃李街站下車，看著匆匆行走的學生們，回想著這個假期的經歷，穆方突然有了一種陌生感。

整個假期都在跟靈打交道，差點忘了自己還是個高中生。

而事實上，如果不是昨天偶然在街上聽到兩個學生抱怨隔天就要開學，穆方說不定真的忘了。

桃李街是穆方學校所在的街道，隔幾個路口還有一所小學，除了三三兩兩的高中生，路上大多是帶孩子上學的家長。

現在的孩子學業壓力太大了，每個都讀成了四眼田雞。

穆方看著那一個個背著厚重書包的小學生，一邊為國家幼苗嘆息，一邊走向校門。

「叭叭叭——」

突然，一陣刺耳的喇叭聲從身後響起，一輛 TOYOTA 霸道地從街口開了進來。穆方回頭看了一眼，不由得皺起眉頭。

桃李街街道很窄，早上上學的人又多，雖然沒人管，但多數家長都會把車停在外面。這人一點自覺都沒有就罷了，還不停按喇叭，儼然一副他開車他最大的模樣。

TOYOTA 繼續響著喇叭向前行駛，路人皺著眉頭往旁邊閃避。一個胖胖的男孩可能是害怕，躲避時摔倒在地上。但 TOYOTA 的駕駛好像沒有看到，繼續往前開。

「停車！」

穆方大急，一個箭步跑過去攔在車前。

汽車嘎吱一聲停住，穆方鬆了口氣，連忙轉身扶起那個摔倒的小男孩。

「阿牛？」看清那小孩面孔後穆方一愣：「你在這上學？」

「穆方哥哥！」阿牛看到穆方也很高興：「我前天才轉學過來的。宋伯伯幫我們在市區裡找了新房子，就在這附近，村子裡好多朋友都來這裡上學了。」

穆方恍然，心裡對宋逸來多了幾分好感。

正在這時，TOYOTA車門一開，從駕駛座下來一個穿著黑色貂皮大衣的婦人，指著穆方破口大罵：「你瞎了啊，找死也不看地方！」

「有個孩子摔倒了，妳看不到嗎？」穆方回頭瞪了那婦人一眼，看清面貌後微微怔了下。

穆方肯定自己是第一次見到這個婦人，但不知道為什麼，覺得她很眼熟。

婦人探頭看了看，眼中閃過一絲害怕，不過嘴上絲毫不饒人：「走路不看路，車來了也不知道躲遠一點，被撞死也是活該。」

阿牛本來就很害怕，看那婦人如此潑辣，更是差點哭出來。

穆方大怒，回頭喝斥道：「街道這麼窄，還有這麼多小孩子，開車進來本就該注意點，妳現在還覺得自己沒錯是不是？妳沒撞到人是運氣好，要是真不小心有人受傷了，妳負得起這個責嗎！」

有穆方站出來主持公道，其餘送孩子的家長也紛紛指責那婦人。

婦人臉漲得通紅，雖然心中不忿，但眼下眾怒難犯，爭辯幾句之後也不再吭聲。她青著臉，拉開後車門指桑罵槐道：「張彬彬！沒聽見嗎？人家不高興了，還不給我下來，自己走到學校去！」

一個十歲出頭的男孩下了車，戴著一頂仿熊皮的帽子，一臉不高興。從穆方身邊走過的時候，毫不掩飾地丟了個大白眼過來。

穆方沒理他，幫阿牛拍了拍身上的沙子：「趕快去學校吧，別管他們。有事到隔壁的高中來找我，我就在最靠近門口的班級。」

「嗯，穆方哥哥再見。」阿牛跟穆方道了聲謝，轉身向校門跑去。

戴帽子的男孩側頭看了一眼，在阿牛從身邊跑過時，猛地一伸腿，把他絆倒在地。

「哼，都是你這死肥豬，活該！」男孩得意地摸了下鼻子。

穆方跑過去再度將阿牛扶起，怒斥道：「幹什麼?你這臭小鬼欠揍是不是！」

「怎樣，你想打我啊？」男孩毫不畏懼，還撿起一塊小石頭砸向穆方。「來啊！」

石頭打到穆方腳背上，他心頭惱怒，作勢起身。

那婦人正準備上車走人，一看這情形，立刻跑過來對穆方罵道：「你幹什麼?仗著年紀大想欺負小孩子？」

周圍的人沒注意到剛剛是怎麼回事，只看了看穆方，這次沒人出聲。

男孩囂張地對穆方做了個鬼臉，大聲喊叫：「高中生打小學生喔，高中生打小學生喔……」

穆方氣結。

這死小鬼，比他老媽還欠揍!既然如此，那你也別怪哥哥玩狠的了。

不過就算再生氣，穆方也不可能真的去揍這小子一頓。他眼珠轉了轉，對一臉惶恐的阿牛和顏悅色道：「你寒假有沒有上補習班啊？一天做多少練習題啊？」

阿牛懵了，莫名其妙地看著穆方。

穆方繼續嘆道：「你還小，可能不知道現在小學的競爭壓力有多大。我家那幾個親戚，還有鄰居家的孩子都在上小學，可這個寒假，除了年尾年初那幾天，幾乎天天都在補習班，每天寫好幾本題庫。

「你回去也要跟你爸媽說，千萬別輸在起跑線上，要不然就算你現在天天考滿分，將來上國中也會被人甩在後面。練習量不一樣啊，差距啊……」

阿牛聽得一頭霧水，但也大致明白一些，看向穆方的目光多了警戒。還以為穆方哥哥是好人，沒想到最壞了。天天上補習班，還要做練習題，你乾脆天天打我算了。

阿牛哼了一聲，轉身跑進學校。

穆方好像不以為意的樣子，繼續喊著：「別忘了啊，起跑線，不能輸啊！」

婦人在旁邊聽著，表情也有了些許變化，忍不住開口問道：「你剛才說的是真的？」

穆方連忙否認：「沒，我隨便說說的。」

婦人眼睛眨也不眨地盯著穆方，眼中盡是狐疑。

那男孩本來正幸災樂禍，可一看他媽媽這個樣子，不禁開始害怕了。他扯扯婦人的衣角，著急地道：「媽媽，妳別聽他胡說，我同學沒人在上補習班的，也沒人做那麼多練習題，老師還叫要我們培養課外興趣呢……」

穆方笑呵呵接口道：「對啊，我剛才都是瞎掰的。學校上課那麼累，回家要多看卡通、放鬆大腦才行。」

穆方笑著轉身走了，婦人看著他的背影沉默了一會，拿出手機：「喂，王大哥，是我……還能是誰，小荻啊……哈哈，哪有，我這不就想你了嗎……對了，你知道哪裡有好的補習班嗎？……對，對，那太好了……還有京城小學的考古題，也麻煩幫我弄幾份。」

男孩著急了：「媽媽，媽媽！」

「媽什麼媽。」婦人訓斥道：「這個假期你就是玩瘋了，得好好收收心。不努力，怎麼追上別人！今天開始不准看電視，也不准玩電腦，給我老實做題目！」

在婦人的訓斥下，男孩哭喪著臉進了學校。

穆方吹著口哨，心情大好地走進校門，抬頭看了眼教學大樓上面的掛鐘，又小小自豪了一下。

開學第一天，沒遲到，還早了十多分鐘。

穆方昂首挺胸地走進自己的班級教室。

唰！

教室裡所有的目光都聚集了過來，向穆方行注目禮。

「都這麼早啊……」穆方一愣，然後就看到了班導鐵青的臉。

「呃，老師早。」

穆方的班導肖國棟是個四十多歲的中年男人，胖胖的很富態。但只要一見到穆方，他臉上的肥肉瞬間就會變成橫肉，學生們在私下裡都叫他肖屠夫。

「嗯。」肖國棟壓著怒氣，示意穆方入座。

穆方俐落地回到座位，一邊把課本從書包裡拿出來，一邊捅了捅同桌，小聲問道：「梁子，今天開學我特地早起，也沒遲到，怎麼肖屠夫臉還是這麼臭啊？」

他的同桌叫馬梁，身高一百九的大個子，兩人國中就認識了。

「我說穆哥，你還敢說自己沒遲到……」馬梁的語氣頗為糾結。「我們是高三，是畢業班，早自習早就改成七點。可你看看時間，現在都七點半了。」

穆方不滿地嘀咕道：「怎麼這麼早啊，太沒人性了。」

「我們學校算晚的了，聽說一中那種明星學校，六點多就開始自修，然後上課，那才是真正的噩夢……」馬梁頓了頓，無奈道：「而且你也太天才了，誰告訴你今天開學的？高一、高二今天開學沒錯，但高三都開課半個多月了。」

「呃……」穆方把嘴閉上了。

還以為今天沒遲到呢，誰知道竟然已經曠課了半個多月。

「我說穆哥，你到底搬去哪了？手機號碼多少？就算有什麼隱私也跟我說個大概啊。」馬梁哭喪著臉：「你又不是不知道，你要是不來，尚屠夫就只能拿我開刀了。」

「嗯，嗯，晚點告訴你。」穆方打著哈哈。

他從未將自己的情況告訴別人，倒不是因為自卑，只是不喜歡看到同情的目光，也覺得沒必要。

穆方東瞧瞧西看看，發現所有人都在認真看書。馬梁說完話也抱著英語課本開始背單字。

「你也發憤了？」穆方一臉詫異。

馬梁的成績與身高成反比，還是靠體育保送才上了八中。高二分班後，和穆方成了同桌，只要穆方不在，基本就沒人敢跟馬梁搶倒數第一。

馬梁有氣無力道：「不發憤不行啊，我家老頭子說了，考不上大學就讓我到菜市場擺攤賣菜。」

要是在往常，穆方一定會乘機調侃馬梁幾句，但現在卻沉默不語。

之前穆方一直想著早點工作賺錢，幫父母還債，上大學純粹是浪費時間和金錢。可是經歷過劉素珍和宋東元母子的事之後，他受到了很大的觸動。

想盡孝道是好事，但又有幾個兒女想過父母真正在乎的是什麼？

就算自己賺到足夠的錢，還清欠款讓父母回國，可那樣爸媽真的會開心嗎？

穆方有些心煩，下意識地拿出課本也想背幾個單字。

可穆方太久沒用功，看英文課本跟看天書的感覺差不多。

馬梁似乎也沒什麼進展，背了兩個單字後氣惱地嘟囔道：「不是一直傳說中文會取代英文的地位嗎，怎麼就不能早點發生呢。」

穆方附和著嘆道：「對啊，背這玩意還不如直接一頭撞死。不過話說回來，取代不取代都差不多，其他科我也不會。」

馬梁一本正經地問道：「穆哥，你知道你最大的優點是什麼嗎？」

「什麼？」穆方側頭。

「有自知之明！」

「滾！」穆方又把頭轉了回去。

馬梁好像想到什麼，悄悄捅了捅穆方：「你不說死不死什麼的我就差點忘了，一中有個女生自殺你知道嗎？」

「放假前就聽說了。」穆方心想，我不光知道，還親眼見到她了呢。

「你知道她為什麼自殺嗎？」馬梁一臉神祕。

穆方搖了搖頭。

「我鄰居家有個小孩在一中念書，是那女生隔壁班的。」馬梁繼續賣關子。

穆方白了他一眼，翻出歷史課本開始看歷史故事。

馬梁討了個沒趣，只好主動道：「那個女生是高二的，功課很好，長相也是校花等級。據說是交友不慎，跟幾個小混混糾纏不清，結果被人強暴，一時想不開就自殺了。」

穆方不禁皺眉：「人都不在了，就別再亂傳這種事，敗壞人家名聲。」

馬梁哼道：「我已經算很好了，早上其他人還大聲議論這件事呢。」

「穆方，馬梁！」馬梁話音未落，肖國棟氣呼呼走下講臺，到了近前，慍怒道：「我盯著你們老半天了，聊什麼這麼開心，也說給我聽聽！」

馬梁把頭埋進書本裡，大氣都不敢喘。

肖國棟又轉向穆方：「你不念書就算了，不要打擾其他同學！」

瞟了一眼目露歉意的馬梁，穆方默默地背了黑鍋。

不過穆方也不是很在意，反正他的名聲已經夠臭了，估計肖屠夫每天不批評自己兩句，晚上都睡不好覺。早上罵完，今天白天應該就可以清靜一陣子。

穆方現在腦子想的，是那個自殺的女學生：李向秋。

不管怎麼說，這事都跟穆方沒關係，他也只是送信時見過李向秋一面。但聽了馬梁的話後，他心裡有種莫名的感覺。那樣的女孩子，會是和小混混糾纏不清的人嗎？

晚上，穆方結束晚自習回到家裡，丟下書包就把機車推了出來。

老薛正好從屋裡出來，奇怪道：「這麼晚了你要去哪？」

「上了一天的課，出去晃晃放鬆心情。」穆方沒說實話。

「等會。」老薛道：「你把劉豔紅封進鐵鍋就不管了，到底想怎麼樣啊？她現在可是天天都念著你，叫我找你呢。」

「不要，我不見她。」穆方一個激靈：「您不是神通廣大嗎，早點將她送入輪迴不就沒事了？」

「哪有那麼簡單。」老薛搖了搖頭：「煉化靈力不過是幾分鐘的事，可偏偏被你拖了那麼長時間，導致劉豔紅的靈體很脆弱。她想進入輪迴之門，還需要在鍋裡休養一段時日。」

「我是不希望她受太多苦，速度太快就真成油炸了。」穆方辯解道：「劉豔紅雖然性格極端了點，其實還是挺善良的。當時她雖然叫得凶，但自始至終沒傷一個人。」

老薛壞笑：「你還真會心疼人呢，難怪她對你那麼傾心。」

「靠，再提這個我跟你翻臉。」穆方沒好氣道：「還有沒有別的事，沒有我出去了。」

「當然有事，好事。」老薛笑道：「你這臭小子不是老抱怨送信沒好酬勞嗎，我這次特地幫你找了個酬勞豐厚的。」

穆方眼睛亮了：「多豐厚？有宋東元那次的黃金多嗎？」

「多太多了。」老薛神祕兮兮道：「這次的客戶有一幅古畫……」

「靠，別跟我提古畫古籍。」穆方氣惱道：「宋逸來給的那堆破書還扔在那兒呢。」

「這幅畫可不一樣。」老薛摸了摸下巴，思考道：「如果要換算成錢的話，少說也值上千萬……」

「在哪？」穆方嗖地一下竄到老薛身前，敏銳得像猴子一樣。

「黑水一中有個叫蕭逸軒的老師，他手裡那幅畫好像是明代某位大家的……」

老薛故意賣關子，但聽到黑水一中的名字時，穆方卻好像恍惚想起了什麼，愣了一下。

「沒問題，先幫我留著啊，回來我們再談！」穆方推著機車衝了出去。

「誒，這臭小子？」老薛難掩詫異。

要是往常，穆方鐵定刨根問底，追問蕭逸軒在什麼地方，然後馬上跑過去敲竹槓，可今天怎麼反倒不著急了?他到底要去幹嘛?

「文忠。」

老薛輕輕道了一聲，一隻烏鴉從房檐上沖天而起，緊追穆方飛去。

穆方騎著機車橫穿市區，徑直趕到上次與李向秋見面的那棵歪脖子樹下。這裡可以說是穆方鄄差之路的開始，也是表現最丟人的一次。

感慨了下，穆方開了靈目。

樹的前後左右都沒有靈體，但若是細看，樹身卻有淡淡光亮。

「靈」多以靈體呈現，也能化成米粒大小躲起來，以保自身周全。當靈在這種狀態下的時候，即便穆方的靈目也難確認對方身分。

「李向秋，妳在嗎?」穆方敲了敲樹幹，輕聲呼喚。

片刻之後，一個女孩從樹幹中邁步而出，看到穆方後一臉喜色:「是你呀!又有我的信嗎?」

有了靈目，穆方這次能清楚看見她的資訊。

李向秋：一月幽魂，女，自縊，卒年十七歲。

「妳好，我叫穆方。」穆方跑來主要是因為一時衝動，也不知道該和李向秋說什麼。

「咦，這次我能聽懂你的話了？」李向秋驚奇道：「你也能聽懂我說的嗎？太好了，上次還沒謝謝你呢！」

李向秋說個不停，反倒讓穆方越發不好意思，心裡也越發狐疑。

這麼樂觀開朗的女孩，怎麼會想要自殺呢？

穆方把上次來送信的前後因果簡單說了下，而後不好意思道：「上次是我第一次送信，什麼都不懂。」

「哪有啊，你不是把信送給我了嗎。」想到穆方當時落荒而逃的樣子，李向秋捂嘴輕笑。

穆方猶豫了下，半遮半掩地問道：「有件事我一直想不明白。妳這麼開朗的女孩，怎麼會想不開呢？」

李向秋愣了下，臉色黯然了下去。

「咳，我這人的毛病就是口無遮攔，妳別介意啊……」穆方一臉緊張。

如果真的像馬梁說的那樣，李向秋是因為那種事想不開，那自己現在可真是揭人傷疤了。

「沒關係。這一個月來都沒人和我說話，跟你聊聊也挺好的。」李向秋笑了笑：「要是上次你來的時候就問，我還不一定會說呢。」

穆方訕訕賠笑了下，等著李向秋的下文。

「不光是你，我想班上的同學都沒想到我會走到這一步吧。」李向秋苦笑道：「在大家眼裡，我性格好、會讀書，每天都笑呵呵的，一定是個開朗樂觀的人，可我心裡的事，又有幾個人知道呢……」

穆方無心地接口道：「心裡隱藏的東西越疼，越需要其他的東西去掩蓋。看似在欺騙別人，實際上欺騙得最厲害的是自己。」

李向秋驚訝地看了看穆方：「我最好的朋友也說過類似的話。」

「應該是巧合吧，我認識的人裡可沒人念得了一中。」穆方問道：「妳走了這條路，是因為心裡積壓的東西？」

李向秋點了點頭，苦笑道：「說實話，我現在有點後悔了呢。其實起因不是什麼大事，是我太衝動了……」

李向秋很小的時候就失去母親，去年父親李華也出車禍去世，身邊沒有任何親人。這一年來，李向秋的生活，都是她的小學老師孫芳在照顧。

雖然表面上李向秋樂觀開朗，但心裡其實一直很在意自己的身世，尤其是在父親死後。

那天，黑水一中舉辦了一場冬季長跑比賽，李向秋是選手之一。在比賽中因為碰撞，和同班女生張蓉發生了口角。張蓉平日就和她有些齟齬，吵起來罵得很難聽。

張蓉說李向秋從小就被親生母親拋棄，連自己媽媽都不想照顧她；現在被一個外人收養，對方也是圖謀她家房子，等房子過戶，李向秋還會再被拋棄一次。

學校裡知道李向秋身世的人沒幾個，她沒想到張蓉會這麼清楚，既吃驚又委屈，一時衝動，就在路邊找棵樹直接上吊了。

穆方聽完，心中既不滿那個叫張蓉的女生，也有些生李向秋的氣。對方故意言語刺激妳，妳大不了罵回去或者打回去啊，虐待自己是何苦來哉。

李向秋苦笑道：「你是不是也覺得我太傻、太衝動了？」

「沒有啦。」穆方言不由衷。

「你說謊。」李向秋苦澀笑道：「連我自己都這麼想，你一個大男生怎麼會不覺得。」

「真是個傻女孩。」穆方嘆道：「妳之所以沒入輪迴，是因為後悔嗎？」

「可能吧，我也不知道。」李向秋黯然道：「我以為死了就可以和家人在一起，可沒想到會被困在這個地方，除了爸爸的一封信，我誰都沒見到。更諷刺的是，爸爸在信裡證實了張蓉的話，我媽媽真的還活著，而且就住在這座城市裡。」

穆方心中一陣觸動，忍不住問道：「妳從來不知道媽媽還活著嗎？之前妳爸爸沒告訴過妳？」

李向秋輕輕搖頭：「那個時候我很小，剛上小學沒多久，只記得突然有一天媽媽就不見了。我問媽媽去哪了，爸爸只說去了很遠的地方。後來孫老師常來家裡，告訴我說媽媽早就去世了，不用再想她了……」

穆方的心一揪，拳頭也緊了緊。

雖然現在獲得的資訊不多，但已經足夠穆方發揮想像力了。

結合李向秋的話，那個小學老師孫芳很不正常。人家媽媽前腳剛走，她後腳就來告訴孩子人已經死了，哪有這種事。孫芳八成是小三，就是因為她，李向秋的媽媽才離家出走。

而且現在李向秋都上高中了，還需要小學老師來家裡照顧嗎？說不定真被張蓉說中了，她就是想獲得李向秋的監護權，然後將房子過到自己名下。現在李向秋死了，算是如那個女人的意了。

看著李向秋那清秀的面龐，穆方心裡充滿了同情和苦澀。

自己的父母雖然遠在他鄉，但遲早會有一家團圓的時候。可李向秋一直在缺少母愛的環境中長大，後來更是連父親都離開了……

「妳想找到妳的媽媽嗎？」穆方突然冒出一個想法：「也許我能幫妳。」

李向秋一愣：「你幫我？」

「妳忘了嗎？我是郵差。」穆方嘿嘿笑道：「妳寫封信給妳媽媽，我去找她，讓她來見妳。」

「真的可以嗎……」李向秋似乎有些心動：「但是我的靈力太弱，寫不了信。而且，我也沒報酬能給你。」

「口信也行，我這次義務送信。」穆方真心誠意地說。

「口信……」李向秋猶猶豫豫，不知道該如何抉擇。

在李向秋還遲疑的時候，穆方腦海中突然響起一道聲音。

信件：李向秋的思念。

報酬：無。

寄信人：李向秋，一月幽魂，女，卒年十七歲。

收信人：？？？

天道觀心不觀口，穆方知道這是天道的提示，但還是感覺有些奇怪。

宋東元的任務之後，穆方又送了幾回信，從來沒有出現如此古怪的情況。

李向秋沒有東西能給自己，報酬後面直接列個「無」並不奇怪，可收信人怎麼會是問號呢？把李向秋母親的名字列出來不就好了，難道是因為口信的關係？

不過穆方沒多想，只是覺得自己和李向秋多少有些同病相憐，順手幫忙做件好事。

再說送信給靈他都能辦得到了，找個活人能有什麼困難的？至於賺錢，也不差這幾天。

「妳的任務，我接了！」

契約達成！

冥冥中的聲音再度響起，一個血紅的詭異郵戳憑空出現，在虛空之中砰地印了一下。一道青芒沖天而起，在天地間一閃而逝。

與此同時，在家裡坐著閉目養神的老薛身子一震，猛然睜開雙目站了起來。手指一陣掐動之後，惱怒地跺腳。

「這個臭小子，一會兒沒盯著就捅婁子！」

老薛身形一動，從房間內消失不見。

穆方並不知道老薛快要暴走了，輕鬆地對李向秋問道：「妳知道妳媽媽的相關資料嗎？」

「我只知道她的名字：秋荻。秋天的秋，荻花的荻。除此之外，我對她的記憶幾乎是一片空白。」李向秋嘆息道：「家裡沒有她的照片，父親和孫老師也從來不提她的事。」

穆方一陣傷感，對李向秋父親和那個孫老師的厭惡不禁又多了幾分。

「放心吧，我一定會把妳媽媽帶來！」穆方再次打了包票：「我保證。」

李向秋不好意思道：「太謝謝你了，只是我真的沒什麼能報答你……」

穆方大笑：「可以考慮以身相許。」

穆方是痞慣了，隨便嘴砲幾句而已，李向秋卻想了想，然後認真地回道：「也不是不行，反正我沒交過男朋友，你人又這麼好。只是我現在是靈體，委屈你了。」

「我開玩笑的啦……」這下穆方不好意思了，滿臉通紅。

作為一名正宗的青春期少年，穆方向女生表白的次數不少，得到的評價都很正向，也很統一——你是個好人，但是我們不能在一起。沒想到這次只是開個玩笑，對方竟然就同意了。雖說是個女鬼，也算是他人生歷程中極大的突破。

但不知道為什麼，韓青青的影子突然在穆方腦海裡閃了一下。

穆方正要說點什麼，一個毫不客氣的喊聲，把美好的氣氛打破了。

「穆方！」

回頭一看，是老薛。

「師父，您什麼時候過來的？」穆方語氣略帶幾分幽怨。

來得可真不是時候，這輩子頭一次有女生沒發好人卡給我啊！

老薛沉著臉：「有話跟你說，快點過來！」

穆方轉過頭，對李向秋無奈道：「我得走了。」

「嗯，你去忙吧。」李向秋眼中閃過一抹猶豫，似乎想要說什麼，但還是沒說出口。

穆方沒注意到她細微的表情變化，直接封閉了靈目。

轉頭走到老薛面前，穆方抱怨道：「師父，您來得也太不是時候了，到底什麼事非現在說不可啊？」

「你談情說愛談得很過癮是不是?你知不知道自己惹了多大的麻煩！」老薛沉著臉看著穆方：「我告訴你，你犯大忌了！」

02

烏鴉說話了

老薛一臉嚴肅，穆方卻不以為然。

大忌？能有什麼大忌？是不能傳口信，還是不能和客戶發生曖昧？天雷都沒劈我，能算什麼大忌。

老薛似乎看出穆方心中所想，沉聲道：「你不要以為沒有雷罰降下便沒事，你這次犯下的錯，天雷劈你一百次都不嫌多。」

穆方撇嘴：「有那麼誇張嗎？到底是什麼事啊？」

「三界郵差，不能替死人送信給活人！」老薛表情凝重：「李向秋的母親秋荻還活著，你送信給秋荻，是大忌！」

穆方看了看老薛，奇怪道：「三界郵差行走陰陽三界，活人能送信給死人，死人怎麼就不能送給活人了？」

「因為活人會死，但死人卻不會復活。在凡間，死者的世界是一個永恆的祕密。」老薛的語氣格外嚴肅：「活人在接到信件後，將能與送信的靈溝通，相當於擁有了三界郵差的部分能力。雖然那段時間不長，但也非常危險，一旦天道認為靈體洩漏死者世界的祕密，你就相當於逆天行事，屆時輕則剝奪郵差資格，重則灰飛煙滅。」

穆方不禁縮了下脖子：「我膽子小，您別嚇我。不過是接了個任務，哪有那麼可怕。」

老薛神色不改：「你看我的樣子像是開玩笑嗎？」

穆方沉默了一會，問道：「那我該怎麼做？」

「放棄任務。」老薛回得很果斷。

穆方遲疑道：「我記得您跟我說過，郵差不能單方面放棄任務。」

「你去跟李向秋解釋清楚，讓她主動放棄。」老薛道：「她是個明事理的女孩，只要你曉以利害，她會答應的。」

穆方扭頭望向歪脖子樹：「如果我放棄任務，再私下替李向秋尋母呢？」

「天道威嚴，容不得你耍這種小聰明。」老薛搖頭道：「『靈』放棄任務，意味著失去了對郵差的信任，天道掌控之下，你們將再無謀面的機會。」

「那好……」穆方轉向老薛：「我把這個任務做完。」

老薛眼睛一瞪：「你被女人迷昏頭了是不是！還是你不相信我的話？」

「都不是。」穆方的語氣很平淡：「我相信師父不會騙我，否則也不會這麼大老遠跑過來。至於李向秋……」

穆方嘿嘿笑了下，繼續道：「被女生表白是挺爽的，但我也知道她不是真心的。她是個很單純的女孩，表白只是一種向我表達感激的方式，就算最後真把秋荻找來，我也不可能占她便宜。」

老薛皺眉道：「那你為何還執迷不悟？到底為了什麼？」

「不為了什麼，只因一諾千金。」

穆方的回答讓老薛微微一怔。

穆方不想說是因為同情這類的話，但也沒有說謊。

「從小爸媽就告訴我，人無信不立。他們寧可遠赴國外打工，也不願和那些債主爭辯，就是因為他們當初立下了承諾。」

穆方頓了頓，繼續道：「如果在我來見李向秋之前，您跟我說這些忌諱什麼的，我或許不會接她的任務，最多可能只是安撫一下，而我現在既然已經接了，就絕不會輕易放棄。」

「收了信，就要把信送到。要是連這最基本的事情都做不到，三界郵差還有什麼存在的意義？」

老薛沉思片刻，道：「話雖如此，但……」

穆方打斷了老薛：「師父，您顧忌的無非是死者世界曝光，激起天道反彈。可我只是送個口信，讓秋荻去看一看她的女兒，又有什麼能洩漏的？

「您也說過，世間有很多通靈者，如果天道真管得那麼嚴，那些通靈者豈不是早就被雷劈乾淨了？」

見老薛還在遲疑，穆方繼續道：「況且我是替客戶送信，又不是替天道。送信給誰、送到什麼地方，都是郵差的事，何況這次我連報酬都沒要，跟天道有個屁關係，去他媽的天道！」

說到激動處，穆方朝天空豎起中指。

因為宋逸來那張信用卡，穆方對天道的怨念可不是一點半點，藉著這個機會，算是赤裸裸地發洩了一次。

轟隆一聲，天空中似乎閃過一道電光。

前一秒還慷慨激昂的穆方，唰地一下把手指收了回來，對天空乾笑道：「天道大哥，我隨便說說，別當真啊。」

老薛無語地白了穆方一眼，但似乎也是若有所思。

上次穆方替宋東元送信其實算是失敗了，卻召喚出了天道之引。天道之引的出現，意味著天道根據穆方的行為，對規則進行了部分修正。

而這次穆方才剛接受任務，就有天道之引降下，很可能代表在穆方行動前，天道就已經有所準備。李向秋的任務，將是天道規則的一次大幅度修正。

這麼沒節操的臭小子，竟然被天道認可到這種程度，委實令人難以置信。或許，不該干涉太多……

老薛沉思良久，開口道：「既然你堅持，我也不勉強，反正命是你自己的。但禁忌終歸是禁忌，偶爾碰觸可以，切不可肆無忌憚。」

穆方忙回道：「師父您就放心吧，我又不傻，要是感覺不對勁，我也不會硬撐著，有需要的話，我會跟李向秋說清楚。」

「你知道就好。」老薛點了點頭，又意味深長地問道：「不過，李向秋是真的讓你尋母嗎？」

「不找媽媽還能找誰？天道都給出任務提示了。」穆方小聲嘀咕：「送信目標有點奇怪就是了……」

「那你就去找吧。」老薛似笑非笑，準備離開。

「師父，等等。」穆方嘿嘿笑道：「您先前跟我提的那個，價值千萬的那筆買賣，一定要替我留著啊。這次我是義務幫忙，就靠下個任務溫飽了。」

「死愛錢。」老薛沒好氣地哼了一聲：「跟你說實話，蕭逸軒那個任務和九靈篡命圖有關，弄不好可能會出人命。」

突然冒出一個從來沒聽過的東西，穆方滿頭霧水：「九靈篡命圖？那是什麼？」

「那是身為三界郵差必須承擔的使命，詳情之後文忠會告訴你。」老薛轉頭便走。

文忠又是誰啊？

穆方感覺莫名其妙，又想起另一件事，連忙再度叫住老薛：「師父，還有件事。」

老薛不耐地回頭道：「又要幹什麼？」

「李華送信給李向秋那個任務，是您老人家親自接的吧。李華現在入輪迴了沒？」

穆方訕笑道：「我想找他了解點事……」

「找李華打聽秋荻的下落？」老薛問。

穆方點頭。

老薛模仿穆方先前的口吻道：「你是郵差，送信找人都是你的事，和我有個屁關係。」

穆方被噎得一頓。

老薛搖頭晃腦地走了。步伐看起來不快，但一會兒就不見了蹤影。

「縮地成寸？」穆方眨了眨眼，氣道：「有這麼好用的功夫竟然不教我，真摳！」

「那是歸元境才能掌握的技巧，你還差得遠呢。」一個略有幾分嘶啞的聲音，突然在穆方身後響起。

「誰？誰在說話？」穆方猛然轉身，但不見人影。

「你想知道李華在哪，我可以告訴你。」那個聲音繼續道。

「奶奶的，跟老子玩捉迷藏是不是？」穆方手掐法訣，準備開啟靈目。

「省點靈力吧。」嘶啞聲音又道：「我就在你的機車上，沒看到嗎？」

機車？

穆方定睛看去，只見一隻黑烏鴉站在車把上。除此之外，還是沒有半個人影。

「媽的，耍我啊？」穆方大怒，左顧右盼。

「蠢貨，就是我在跟你說話。」烏鴉朝穆方抬了抬爪子。

「你？」穆方疑惑地走近烏鴉，仔細看了看：「不怕人誒，難不成身上有綁擴音器？」

穆方下意識地伸手過去，想抓起烏鴉檢查一下。

啪的一聲，烏鴉用翅膀拍了下穆方的手，怒道：「我最討厭別人碰我。」

穆方疼得齜牙咧嘴，驚愕地看著烏鴉：「真的是你在跟我說話？」

「當然！」烏鴉抖了抖翅膀，歪頭看向穆方。

「烏鴉說話了，妖怪啊！」穆方一蹦三尺高，跳起來轉頭就跑。

烏鴉氣得大罵：「你連靈都不怕，還怕我嗎？」

「唔，也對。」穆方又轉了回來，上下打量一番後恍然道：「我想起來了，你是一直跟著師父的那隻老鳥。」

烏鴉頓時一腦袋黑線，惱怒道：「廢話少說，你到底想不想知道李華的下落？」

「當然想。」穆方奇怪道：「可是你為什麼會告訴我？」

烏鴉露出一種相當人性化的眼神：「其實我很不喜歡你，你的性子裡有太多偽善，不過你敢於對抗天道的這一點，卻非常合我的脾胃。」

「只因為這個？」穆方又問。

烏鴉道：「還有一個原因——你太蠢了。」

「靠！」被一隻鳥說蠢，穆方覺得受到了莫大的侮辱。

「九靈篡命圖這麼大的事你不查，偏偏執著於一個幽魂的口信。」烏鴉搖了搖頭：「不是蠢，還能是什麼？」

穆方沒有繼續糾結於李向秋的事情，皺眉問道：「九靈篡命圖到底是什麼？剛才師父也說它很危險。」

「九靈篡命圖是一種陣法，至邪至毒的續命之陣。」烏鴉沉聲道：「要以九樣法器煉化九個惡靈，九惡靈又分別要取走七七四十九條凡人性命，引動靈界法則。而後將九靈煉入身體，以凶靈之氣蒙蔽天機，得以續命長生。」

「果真他媽的歹毒啊。」穆方心頭陣陣發涼。

一開始就要先害九個人，然後這個九個人變成惡靈，還要分別再殺那麼多人。人要瘋狂到什麼程度，才會使用這種歹毒之術？

烏鴉繼續道：「三界郵差和九靈篡命圖主人都是人類之軀，偏偏一個守護天道，一個忤逆天道，註定不可共存。查找九靈篡命圖，是三界郵差的使命，哪怕終其一生，也要找出其下落，將其銷毀。」

「我會留心的。」穆方慎重地點了點頭。

就算三界郵差和九靈篡命圖沒這層關係，那種歹毒之物，自己也不能放任不管。不過現在，還是先把李向秋的任務完成再說。

烏鴉跳到機車座墊上，用爪子敲了敲不知道何時放在上面的一張紙片，道：「李華的位置我寫在上面，你早點把這個任務完成去找蕭逸軒。那個任務，才是你應該做的。」

「你還會寫字？這麼厲害……」穆方驚奇不已，走過去把那張紙片拿起來看了看。真是沒天理，一隻鳥竟然會寫字。而且最讓穆方鬱悶的是，寫得比他那手爛字還要好看。

「希望你不會讓我失望。」烏鴉翅膀一抖，騰空飛去。

穆方撇了撇嘴：「不就是老薛養的寵物嘛，有什麼好跩的。」

烏鴉的身體猛地抖了下，差點從天上掉下來，但牠最終還是按捺住回頭啄死穆方的欲望，飛進了茫茫夜空。

按照烏鴉給的地址，穆方到了一座社區。

這個社區剛剛竣工沒多久，暫時還沒人入住，到處都黑漆漆的，連值班警衛都沒有。藉著機車的燈光，穆方找到了紙條上標注的地址。

「嗯，好像就是這了。」

穆方把紙條丟到一邊，開啟靈目。

這裡很清靜，連遊魂都沒幾個，不過在大樓的牆角邊，蹲著一個幽魂，正在那抽著煙。

李華：一年幽魂，男，車禍，卒年四十五歲。

嘿，那老烏給的資料還真準，一下就找到了。穆方邁步走向李華。

「你是李向秋的父親嗎？」由於對李華沒什麼好感，穆方的語氣不怎麼客氣。

李華抬頭看了穆方一眼：「你是誰？」

「郵差。」穆方道：「上次接你任務的是我師父。」

「噢。」李華站起身子，問道：「信不是已經送到了嗎？還有什麼事？」

穆方直接了當地回道：「我接了你女兒的任務，送信給她媽媽秋荻，所以跟你來打聽下，秋荻現在……」

「我不知道！」穆方話還沒說完，就被李華粗魯地打斷。

穆方皺眉：「你不知道？還是不想說？」

李華看都沒看穆方，把身子轉了過去。

穆方心頭惱怒，伸手去抓李華的肩膀：「李向秋那麼可憐，你這個做父親的……」

「輪不到你這小鬼來教訓我！」李華拍開穆方的手：「還有，李向秋的信你不能送。」

「為什麼不能送？」穆方頓時火大了。

李華斷然道：「因為我是她的父親，我說不行就不行。」

「你也配做父親？」穆方大罵：「若不是你他媽的始亂終棄不負責任，李向秋也不會被人欺負！要不是顧忌向秋，我今天非揍死你不可。」

李華瞪著穆方許久，欲言又止，但最後還是沒吭聲，把煙頭一掐，轉身遁入大樓當中。

「是男人就不要縮頭縮尾，出來！」

穆方氣得大罵，但李華無論如何都不再現身。

穆方無可奈何之餘，也有點後悔。

李向秋告訴他家裡的地址，說孫老師多半還住在那，但他料想那個小三不會對自己說實話，才來找李華。結果因為心裡對李華有氣，沒有多加掩飾，幾句話就談判失敗了，現在再想改變態度，似乎也有點晚。

不過穆方不想服軟，賭氣騎機車走了。

穆方離開之後，李華再度從大樓裡探出身來，看著穆方離開的背影，黯然地嘆了口氣。

這個年輕郵差說的一點都沒錯，作為一個父親，自己的確是不合格啊。

穆方回家後上床倒頭便睡，第二天也沒去上學，早上起床直接騎車去了李向秋家，想在孫芳上班之前，堵住她問出秋荻的下落。

到了目的地，穆方意外發現，李向秋的家竟然是警眷宿舍。這裡的房子不對外租售，只有直系親屬才能入住。

難道李華是個警察？

社區盤查得很嚴，外來人員都要登記，穆方謊稱自己是李向秋的同學，代表大家到她家裡來看一看。

門口的警衛有些疑惑。

穆方的年紀看起來是像高中生沒錯，可頭髮實在太長了，就算戴著帽子也無法遮掩。有些高中或許沒有髮禁，但絕對不包括一中這所明星學校。

正僵持不下時，一個女人背著包包從外面走回，警衛連忙喊道：「孫老師，您過來了啊。正好，這孩子說是向秋的同學。」

穆方回頭一看，是一個面容姣好的中年婦女，穿著一身黑色長版羽絨外套。

孫老師？她就是孫芳？

記取了昨晚和李華接觸的教訓，穆方用盡力氣扯出一個笑臉：「孫阿姨妳好，我是向秋的朋友。」

孫芳微微點了下頭，不冷不熱道：「向秋已經下葬，你們要是有心，就去公墓給她送捧花，別再來家裡了。」

什麼「家裡」，這又不是妳家。

穆方心頭一陣不快，但還是耐著性子道：「我還有些事想跟您打聽一下，不會耽誤太長時間。」

孫芳看著穆方道：「有什麼事就在這問吧。」

警衛很識趣，直接回值班室關上了門，但穆方更不爽了。

「孫阿姨。」穆方努力克制著，勉強微笑問道：「其實也沒別的事，我就是想問問您，知不知道向秋的生母秋荻在……」

穆方話音未落，孫芳已臉色大變，咆哮道：「向秋哪來的生母，沒有！」

這句話，讓穆方的怒火一下就爆發出來了。

李華這個德行，妳也這個德行，鳩占鵲巢還他媽有理了是不是？

穆方冷著臉道：「這個不是妳說了就算的，我只想知道秋荻的下落。」

「死了！早就死了！」孫芳轉身往院子裡走。

「等等。」穆方攔住孫芳：「我不管你們大人有什麼事，但不該這樣對李向秋！你們這樣做，有沒有考慮過她的感受？」

「你知道什麼？你什麼都不知道！」孫芳語無倫次地咆哮道：「我只告訴你，秋荻死了，十多年前就死了，死得乾乾淨淨！」

穆方被噴了一臉的口水，更是氣得要死。

這個死潑婦！昨天在李華那吃癟或許我也有錯，但今天我可是客客氣氣跟妳說話，竟然還變本加厲了。

這時，警衛看形勢不對連忙跑了出來，當然肯定是站到孫芳那一邊。

「好了好了，你應該問完了吧，問完就快點走，要不然就去警局談……」警衛連哄帶嚇，而孫芳頭也不回地走進了社區。

穆方直恨得牙根癢癢。

要不是因為這裡是警眷宿舍，老子非進去砸玻璃不可，奶奶的。

在李華和孫芳兩邊連續碰壁，非但沒讓穆方失落，反而更加把他的牛脾氣給激了出來。

你們都不說是不是?那好，老子就跟你們槓上了。你們不說，我去找李向秋的同學！對，就去找那個張蓉。

學校裡其他人都不知道李向秋的身世，怎麼就她知道？一定有問題。

就算不知道也沒關係，教訓她一頓，當替李向秋出氣也好。

至於找秋荻的事，實在不行的話就找宋逸來幫忙。他當初調查自己只花了一個晚上，找出秋荻的下落想必也難不倒他。

穆方打定主意，騎上機車直奔黑水一中。憋了一肚子氣的他，壓根沒去考慮此行可能的後果。

03

又是你這個色狼

黑水一中是明星高中，出入管得很嚴，想直接進去不太可能，於是穆方沒往校門口去，而是繞到了後面操場的圍牆邊。那裡有一排楊樹，穆方準備爬樹從圍牆上翻過去。因為是冬天，大家都穿著厚外套，只要進了學校，沒有一中制服的穆方也不算顯眼。

穆方趕到一中的時候，學生們正在進行朝會。穆方將機車停在牆邊，把頭髮往帽子裡塞了塞，趁著沒人注意，三兩下爬上一棵楊樹，順著探出的枝幹，輕而易舉地跳入校園內。

穆方翻牆的地方很偏僻，前面還有兩間器材室遮擋，他躲在後面，想等朝會結束，趁著人多混入教學大樓。

剛剛蹲到陰影處，穆方就感覺右眼熱了一下。

有「靈」！

有了那白玉碎片，又輔以《聚靈歸元心經》，穆方這一個來月靈力增長很快，即便在靈目未開啟的狀態，也能感知到「靈」的存在。

靈體到處都有，穆方平時不會去管，但這一次，他卻產生一種奇怪的感覺。那種感覺不是來源於靈目或者自身，反而像是冥冥中的什麼東西。

「靈目，開！」穆方心中疑惑，開了靈目。

靈目所及之處，穆方見到一人。

蕭逸軒：四年幽魂，男，焚亡，卒年六十七歲。

蕭逸軒？這名字怎麼好像在哪聽到過？

穆方正暗自奇怪時，對方把頭轉了過來。

蕭逸軒六十多歲，但老態盡顯，看上去八十歲也不止，他看了看穆方，邁步走了過來。

「你是來取信的郵差嗎？」蕭逸軒的神情看起來有些期待：「上次見到的那位老先生，說一位少年會來替我送信。」

穆方怔了下，恍然大悟。

想起來了，那個黑水一中的教師，他的任務和那個什麼九靈篡命圖的下落有關。更重要的是，他有一幅古畫。

若是平時，穆方一定兩眼放光開始敲竹槓了，但現在他惦記著李向秋的事，壓根沒那個興致。更何況，現在他也接不了其他任務。

「我是郵差沒錯，但現在有別的任務在身。」穆方道：「等我忙完手頭這個，回來第一個找你。」

「郵差大人。」蕭逸軒躊躇道：「能不能先幫我送啊，我比較急。」

「沒辦法。」穆方指了指天，老實道：「這個不是我說了算。」

「您幫幫忙，幫幫忙……」蕭逸軒懇求道：「只要您早點幫我送信，要我做什麼都行。我有一幅古畫，值很多錢；我書法也不錯，能幫你寫春聯；還有，還有……對了，我從小就會念書，能幫你考試作弊……」

蕭逸軒著急得口不擇言了。

不過穆方聽在耳中，心頭不禁一動。

考試作弊？

他眼珠轉了轉，轉頭道：「你別急，我會盡快來找你，最多一個星期。」

「一個星期就來不及了啊！」

蕭逸軒正捶胸頓足的時候，突然撲通一聲，從牆頭上又跳下一個人。

穆方嚇了一跳，就好像考試作弊被抓到了似的，下意識閉了靈目，回手就是一擋。

而後，就是一片柔軟感。

「你……」

翻牆跳進來的是個女生，穆方正好摸到那女生胸部上。那女生又羞又怒，正要暴走，結果兩人一打照面，全傻了。

這也太巧了吧，韓青青。

「怎麼又是你這個色狼，還沒摸夠嗎！」韓青青的火氣噌噌就冒了起來。

這個混蛋，從石頭村回來後一點消息都沒有，連個電話也不打。現在倒好，突然冒出來，上來就摸老娘一把。

「誤會誤會……」穆方尷尬地縮回手，支支吾吾道：「這是妳的學校？妳不是說，妳都要大學畢業了嗎？」

「這個……」韓青青頓時語塞。

雖然外表沒什麼說服力，但因為父親的關係，韓青青認識不少專門偽造證件的，所以她身分證和駕照上都是二十多歲，現在被穆方抓到，一時不知如何圓謊。

但她也疑惑怎麼會在這兒碰到穆方，難道穆方和自己是同間學校的？感覺不像啊。

這時，操場上的廣播聲漸漸停止，朝會結束。

「晚點我再找你算帳，別想跑。」韓青青現在顧不了穆方，必須趁著朝會人多時混進教室。

韓青青丟下穆方，從器材室後衝了出去。可剛跑到操場上，就和一個中年婦女撞了個滿懷。

「韓青青？」中年婦女推推黑框眼鏡：「剛才見有人從牆頭上跳下來，還以為是哪個學生，沒想到竟然是妳！」

訓導主任……

看著那張常年不變的撲克臉，韓青青差點沒哭出來。

我是造了什麼孽，先被抓一把就夠倒楣了，竟然又碰上這個更年期老女人。

韓青青的成績沒得挑，考試成績從未低於全校前十名，但就是不守規距，讓老師們愛恨交加。訓導主任見過太多好學生，不差韓青青一個，最看不過去她這種散漫個性，沒事都要找點理由念她一念，現在當場抓到證據，哪還能放過她？

「不是，那個……是其他人跳牆，我是去看看……」韓青青急中生智，上來就把穆方給賣了。

老娘便宜不能白占，就幫我背黑鍋吧。

哪知訓導主任一聲冷笑：「不光遲到翻牆，竟然還學會撒謊。二〇一是重點班，怎麼會選妳當班長。」

「是真的，我帶您過去您就知道了！」就算是玉石俱焚，韓青青也不想便宜了穆方。

「跟我去訓導處。」訓導主任完全不理韓青青說什麼，轉身就走。

而與此同時，穆方緊貼著牆角溜了出去，混入學生當中。

「老師！」韓青青急了。

訓導主任一瞪眼：「怎麼？還要我請妳？」

現在穆方已經蹤跡全無，韓青青只能悲憤地跟著訓導主任走向行政大樓。

穆方在人群中同情地望了她一眼。

唉，真是個好心的女孩，還替我打掩護，老天會保祐妳的。

對了，李向秋說她是哪個班的？好像是二〇一班……

對，就是二〇一班。

朝會之後是早自習，中間有十分鐘上廁所時間，教學大樓裡亂哄哄的。抓住一個學生打聽出二〇一班教室的位置，穆方便隨著人潮上樓。

到了二〇一教室門外，穆方往裡面看了看，不由得一陣窩火。

多數學生已經落坐，翻書的翻書、聊天的聊天，等著早自習開始。從班級整體氛圍上，絲毫看不出他們前陣子才永遠失去了一位同學。

不過，穆方窩火的原因並不是這個。

李向秋才離世一個多月，亂七八糟的流言就傳到了八中，而且從馬梁的話裡分析，流言多半就是從李向秋班上傳出來的。自己的同學過世，他們不緬懷悼念也就罷了，竟然還在背後傳那些不乾不淨的謠言。

還有那個讓李向秋自殺的直接原因，也正是她的同班同學，張蓉。

李向秋沒有怪張蓉的意思，覺得只是尋常吵架，是自己抗壓力不夠，衝動之下才走了最後一步，怪不得別人。

但穆方並不這麼想。

同學關係或有遠近親疏，但總歸是天天朝夕相處的同窗，動輒揭人傷疤實在是小人所為。而且在其他人不知道李向秋祕密的情況下，這種行為就更值得深思了。

這個時候，一個女生和另一個男生有說有笑地走到門前，男生進了隔壁班，女生則轉入一班的教室。

「這位同學。」穆方順勢叫住那女生，客氣道：「能幫忙叫一下張蓉嗎？」

那女生上下打量穆方，嗤笑道：「你這招也太土了。」

「什麼招不招土不土的？」穆方莫名其妙。

「還裝？」女生笑道：「你連那些寫情書的都不如，他們追人都比你有創意。」

「什麼跟什麼啊，我就是請妳幫我叫個人而已。」穆方有點生氣。

老子就算泡妞也不泡張蓉那種貨色啊。

「看在你這麼執著的分上……」女生頗有幾分高傲道：「我就是張蓉，你接下來還打算說什麼？」

「妳就是張蓉？」穆方真有一口唾沫吐過去的衝動。

平心而論，張蓉長得並不醜，算是有幾分姿色，但那頤指氣使的態度讓人只想一巴掌呼過去。

穆方藏起心中的不悅，平和地說道：「我想找妳打聽一個人，沒別的意思。」

「呵呵，你問吧，打聽誰？」張蓉明顯不信，臉上盡是嘲弄。

「秋荻。」

隨著穆方的回答，張蓉的臉色瞬間變了。

秋荻她當然認識，那是她嬸嬸。

張蓉的叔叔張建立是個狠角色，當年背了殺人案都沒出事，後來還做買賣發了財。雖然不知道具體是做什麼生意，但從沒見過他缺錢。

出於妒忌，張蓉的母親呂紅時常說秋荻壞話，內容不外乎是一個再婚的破鞋如何如何，所以張蓉才知道李向秋的往事。

張蓉不知道穆方是怎麼找到她頭上的，但心裡還是一陣發虛。

「什麼秋荻冬荻，不認識。」說著，張蓉就要進教室。

穆方心頭一動，抬手按住門框，擋住張蓉去路：「秋荻不認識，李向秋妳總認識吧。」

穆方的聲音不大，但不知道是不是李向秋這個名字太過敏感，教室內唰地一下安靜無比。

張蓉的臉色更難看了。

穆方則是皮笑肉不笑地看著她。

這是第三次了。李華和孫芳對秋荻的名字反應強烈還情有可原，可張蓉表情也這麼精彩就有意思了。

就算從妳嘴裡問不出全部實情，也別想像李華、孫芳那樣糊弄過去。

穆方眼睛閃了閃，繼續道：「我沒別的意思，但妳看上去確實是知道秋荻這個人，只要妳告訴我在哪能找到她，我馬上就走。」

「我都說了，我不認識什麼秋荻。」張蓉突然大聲呵斥道：「你究竟是哪班的，故意來我們班找碴嗎？」

隨著張蓉的一句話，二〇一班不少男生都從座位上站了起來。

這些男生或許和張蓉沒多要好，但在高中生的潛意識裡，「我們班」這種詞彙很容易激起同仇敵愾之心。尤其穆方現在又站在人家班級門口，要是態度再強硬些，有八成機率會被痛揍，兩成機率被打跑。

而穆方的回應，更不是一般地硬。典型茅坑裡的石頭，又臭又硬。

掃了一眼那些充滿敵意的目光，穆方非但沒有任何退避，反而往前一大步踏入教室。

「好像很團結，這還真讓人意外呢……」

穆方帶著十足嘲弄的話一出口，教室裡所有男生都站了起來，甚至還有女生。更是有脾氣暴躁點的，氣勢洶洶走了出來，看樣子是要揍人。

可等穆方後半句話一出來，就沒人再動了。

穆方嗤笑道：「那我就不懂了，李向秋出事後，你們怎麼就沒人站出來呢？」

對於現在的二〇一班，李向秋這個名字太過敏感。雖然學生們大多不明白穆方這話的意思，但出於本能的危機意識，沒人想當莫名其妙的出頭鳥。

張蓉看沒人動了，在後面大聲道：「你提向秋是什麼意思？她是自殺，跟我們有什麼關係，難道還要全班給她戴孝嗎？」

教室裡的學生們臉色都不太自然，卻依然沒人說什麼。張蓉的話說得不好聽，但的確是實話。

「沒人要你們披麻戴孝，但你們最起碼該維護同學的名譽。」穆方沒看張蓉，走向講臺沉著臉道：「以李向秋的性格和善良，平時多半會給你們這樣或那樣的幫助。現在她走了，你們之中又有幾個，想過為她做些什麼？

「更何況，如果不是你們之中的某些人推波助瀾，外面會傳那些亂七八糟的流言？作為她的同窗，你們又有沒有想過，一個開朗活潑的女孩，為什麼會走上絕路……」

穆方在二〇一班弄出的動靜不小，附近幾個班級都有人圍過來看熱鬧，甚至有人飛快跑向辦公室去找老師。

不過穆方好像不知道似的，站在講臺上宛如道德魔人，把二〇一班的學生們罵得狗血淋頭，大氣都不敢喘。

當然，學生們不是服氣，而是因為穆方掌握了主動權，他們都被罵傻了。

大家都不吭聲，張蓉越發沉不住氣。

她的確妒忌李向秋，她的確希望李向秋去死，得知李向秋上吊自殺，她甚至心裡還小小興奮了一下。但她更知道，這些事絕不能讓其他人知道。

穆方說的那些話，雖然沒有指名道姓，但張蓉總覺得是在指桑罵槐往自己身上引。看著其他班過來圍觀的人越來越多，張蓉終於按捺不住了。

「你說夠了沒有！」張蓉怒道：「李向秋是我們班的人，跟你有什麼關係！」

穆方轉過頭，突然對著張蓉質問道：「和別人沒關係，妳敢說跟自己也沒關係嗎？」

「我怎麼了？我什麼都沒做。」冷不丁被穆方一問，張蓉有點慌。

穆方搶白道：「對，妳什麼都沒做，妳只是揭了李向秋的傷疤。妳知道李向秋隱藏著什麼，妳知道說什麼能刺激到她！」

「我沒有！」張蓉大吼。

「有沒有妳自己知道！」穆方也大吼道：「妳就是殺人凶手！妳害死了她！」

「我沒有！」張蓉焦急地大聲爭辯：「她確實被她媽媽拋棄了，我只是說實話！她自己心理承受力差，能怪我嗎？那麼沒用，死了也是活該！」

穆方沒有再說話，只是漠然地看著張蓉。

這些激將手段並不高明，但對於一個妒忌心極強的高中女生來說，已經足夠致命了。

看穆方不說話，張蓉還以為自己辯贏了，可很快她就發現，其他人正以一種厭惡的目光盯著自己。

疑惑了幾秒鐘後，她終於反應了過來。

「張蓉。」

正想要再辯駁的時候，張蓉突然聽見有人叫自己。回頭一看，頓時大喜：「青青，這個人來我們班搗亂。」

韓青青，二〇一班的班長，雖然是個女生，但性格好強，很講義氣，為了同學甚至跟老師吵過架。她一來，班上的同學們頓時有了依仗，表情和剛才都不一樣了。

不過，韓青青並沒有像張蓉想像的那樣為她出頭，而是揚起了手。

「啪！」一聲脆響，張蓉半邊臉都紅腫起來。

「妳……」張蓉被打傻了，甚至都沒感覺到疼。

「帥。」穆方一伸大拇指。

韓青青是從張蓉後面來的，所以穆方原先沒注意到賞張蓉巴掌的是誰，現在看清楚了她的樣貌，頓時傻眼。

不會這麼巧吧，怎麼又是她啊？

此時，一陣急促的腳步聲在外面響起，然後就是幾個成人的嗓音。

「都在這幹什麼？」

「不用上課嗎？」

「馬上回教室……」

得到消息的老師們趕來了。

趁著一片混亂，穆方悄悄地往門外摸，想趁機閃人，韓青青好像沒注意到，但在穆方企圖從後方溜過去的時候，她突然壓低嗓子開口。

「晚上九點半，校外老石橋橋頭，我告訴你秋荻的事。」

穆方一怔，但沒有停留，反而加快步伐離去。

「剛才那傢伙是幾班的？」

「沒見過啊，好像不是高二的吧……」

學生們正在悄聲猜測穆方的身分，突然有眼尖的指向窗外。

「是剛才那傢伙！」

學生們翹首望去，頓時愕然。

只見穆方在操場上狂奔，後面幾個體育老師狂追，還有人大喊：

「抓住那傢伙，他不是我們的學生！」

「可惡，這小子跑得真快……」

穆方敏捷地翻牆而走，二〇一班的學生們大眼瞪小眼，久久不能言語。韓青青的臉色更是精彩，都說不出自己心裡是什麼感受。

剛才向穆方發出邀約的那一瞬間，韓青青還自覺掌握了一定程度的主動權，可現在一看，自己反倒像蠢蛋。

這傢伙膽子也太大了，一個校外的偷跑進他們學校竟然是為了罵人，自己在一中兩年了，從沒聽說有過這樣的奇葩。

心中頗為鬱悶的韓青青並沒有注意到，剛才她和穆方說的那句話，也被張蓉聽到了……

當夜。

黑水市第一中學附近有一座老石橋，因為年久失修，早已禁止車輛通行。這裡，就是韓青青和穆方約好見面的地方。

穆方在橋頭徘徊，跺著有些發涼的腳，心中暗自嘀咕。

女孩子家約哪裡不好，約在這麼偏僻的地方幹什麼。不過，跟一起睡在車裡那晚相比，這好像也算不了什麼……

穆方正在那胡思亂想，忽聽遠處學校一陣鈴聲響起。

看了眼時間，九點，晚自習結束。

學生們陸陸續續走出校門，也有學生從石橋這邊經過。穆方伸長脖子東張西望，尋找韓青青的身影。學生們一副看怪物的表情，都繞著穆方走。

突然，正伸著脖子的穆方感到腦後風響，連忙蹲下。

呼的一聲，一個書包從頭頂呼嘯而過。

穆方本能地反手抓向來襲者，然後一轉身──

一張欲哭無淚的悲憤面孔。

「你、你又摸我……」韓青青一隻手拎著書包背帶，一隻手握著穆方抓在自己胸前的魔爪，是真的想大哭一場。

本來想趁著穆方不防，先拿書包砸他一頓解解氣，可沒想到，不僅仇沒報成，還再次遭對方「毒手」。

「那個，不好意思啊。」穆方「經驗豐富」，這次很迅速地把手縮了回來，訕笑道：「沒想到妳打招呼的方式這麼特殊，我是本能反應……」

「摸女孩子胸部是你的本能？」韓青青再也忍不住了，憤怒道：「一次就夠不要臉了，竟然還接二連三。你那麼愛抓，怎麼不抓自己！」

韓青青一發飆，路過的學生紛紛側目，穆方更是一臉囧樣。

我只是想把偷襲的人推開，哪知道這麼巧……

「注意點，注意點。」穆方東張西望：「別人聽見還以為我老是非禮妳呢。」

「難道不是嗎？」韓青青完全陷入暴走狀態，高聲咆哮：「先是在更衣室，又在車裡亂抱人家，早上翻個牆都被你摸，現在又……向秋怎麼會認識你這種人！你這個色狼、變態、痞子、瘋子、狗屎……」

韓青青那嘴像機關槍一樣，穆方被噴得欲仙欲死。

不過穆方自知理虧，也就低頭作乖順狀，任由韓青青在那罵。

只是這番樣子落到他人眼中，壓根看不出是受害者罵色狼，反倒更像小情侶吵架。偶有學生路過，無不交頭接耳、指指點點。

韓青青很快發現了這個問題，心中頓時更是抑鬱。

這個色狼臉皮厚，但本姑娘的名譽不能不要，若是被熟悉的人看到，自己在一中可就名聲掃地了。

「算了，我看你根本不要臉了，罵你也是白罵。」韓青青十分洩氣。

「喂喂，妳罵也罵了，我都沒還嘴，還想怎樣啊。」穆方咳嗽了下：「我承認自己做錯事，可那都是巧合而已。」

「巧合？」韓青青又要暴走：「一次兩次是巧合，但巧合有這麼頻繁的嗎？」

「這個……巧合中的巧合……」穆方也沒法解釋。

「廢話少說，總之這事別想這麼簡單蒙混過去。」韓青青氣呼呼道：「要是你還有幾分廉恥，就讓我Ｋ一頓算扯平。」

「男子漢大丈夫，怎麼能隨便被女人毆打。」穆方不滿道：「再說我是抓妳又沒打妳，大不了讓妳抓回來就是了。」

「你……」韓青青氣結。

從小到大，因為老爸工作職業的關係，韓青青自問流氓惡棍什麼的見多了，可像穆方這麼奇葩的，她還真沒接觸過。

抓你?老娘還嫌自己吃虧呢。不過……

韓青青低頭看了看自己的手臂。

就算他真讓自己打，這細小的手臂好像也討不到什麼便宜。

韓青青眼珠轉了轉，道：「那好，抓就抓。你可不許躲。」

穆方狐疑地看了看韓青青，下意識併攏雙腿，護住要害：「抓可以，但不能亂抓……」

「我才沒那麼齷齪！」韓青青氣得要死。

「來吧！」穆方把外套一敞，一臉大義凜然。

只要不是要害，哪裡都隨便妳抓，就當被美女按摩了。

可等被抓住之後，穆方立刻就不這麼想了。

韓青青出手如電，猛地抓了上來。

「嗷！」穆方發出一聲無比慘烈的哀嚎，身子也像蝦米一樣弓了下去。

雖然隔著厚厚的棉衣，但韓青青出手快狠準，正捏到穆方的兩點上。那種又麻又疼的痛楚，讓他一瞬間都想死了。

穆方疼得想死，韓青青卻感覺很過癮。

難怪那些臭男生總是盯著女生的胸部看，原來抓起來這麼過癮。這還是天冷隔著衣服，要是直接抓上，感覺豈不是更好。

「鬆、鬆手……」穆方現在絲毫不敢掙脫，一動就疼。

韓青青哼了兩聲：「為什麼要鬆手，這可是你同意我抓的。」

「我沒讓妳抓這麼久啊……」穆方五官都扭曲了：「鬆手，快鬆手，要掉了，掉了！」

韓青青撇了撇嘴，把手撤回：「還欠我一下。」

穆方蹲在地上，雙手抱胸，好像剛被幾十個大漢非禮了一樣，委屈地抬頭哀求：「妳還是打我吧，用鋼管磚頭什麼都行，只是千萬千萬不能再抓了……」

穆方現在後悔了，剛才一時嘴快，給自己挖了一個大坑。抓什麼胸啊，真不如被暴K一頓來得舒服。

「那可不行，以牙還牙以眼還眼，我必須抓回來。」韓青青活動了下手指：「不過今天可以暫時算了，你只要記住還欠我一下就行。」

穆方幽怨地看著韓青青，想不明白看上去這麼文弱的女生怎麼這麼凶殘。

「妳抓也抓了，報完了仇，現在能跟我說說秋荻了嗎？」穆方站了起來，但兩隻手還是有意無意護著胸。

「還欠一次，別想賴掉。」韓青青又強調了一遍，然後對穆方道：「你先告訴我，你是怎麼認識向秋的？我從來沒聽她提過你。」

「說來話長，說了妳也不信。」穆方打著哈哈：「反正妳把秋荻在哪告訴我就行了。」

「不行！」韓青青斷然道：「你敢來學校鬧事，又知道秋荻的事，說明你和向秋的關係很不一般。我必須知道你的身分，以及你尋找秋荻的目的。」

穆方跑到教室說的那番話，做法固然亂來了一點，但卻很合韓青青的脾胃。要是真把穆方當成尋常登徒子，韓青青絕對不會再來和穆方見面。

穆方盯著韓青青的眼睛，問道：「妳和李向秋是朋友嗎？」

「當然。」韓青青道：「我們倆是在同個社區長大的，像親姐妹一樣。」

穆方道：「既然關係這麼近，妳應該更能明白李向秋想要什麼。」

「我明白你的意思，但現在向秋已經不在了，就算你找到秋荻又能做什麼？」韓青青頓了頓，繼續道：「我今天晚上之所以來見你，不是為了跟你算舊帳，而是想勸勸你。不管你和向秋是怎樣的關係，人終歸已經去了，你也該放下才是。」

「我能做的事，比妳想像的要多。」穆方不想就這個問題跟韓青青浪費時間，只說道：「我只想告訴妳，我親口答應李向秋幫她找到母親，不管這背後有什麼隱情，我都不會違背自己的諾言。」

「你這人還真是說不聽。」韓青青氣惱地跺了跺腳，正要繼續開口，突然發現穆方眼睛沒看自己，而是盯向另外一個方向。

韓青青下意識地轉頭看去，眉頭微微一挑。

十幾個人正邁著大步走過來，眼中盡是不懷好意的目光。

「我們先離開這。」韓青青用手肘捅了捅穆方。

「怕是走不了。」穆方把韓青青往身後拉，不動聲色地發動機車：「沒看出來嗎，這些人是衝我們來的。」

04

叫，大聲地叫

韓青青把目光轉到橋的另外一邊，也是十幾個小混混走近，從兩個方向，把他們兩人圍了起來。

正猜測這些人的來路，張蓉便從一個十八、九歲的雞冠頭身後閃了出來，韓青青頓時恍然。

韓青青起先完全沒想到這些混混是衝自己來的，可看到張蓉之後就明白了。

「張蓉，我真是看走眼了。」韓青青毫不畏懼地瞪著張蓉：「先是向秋，現在也打算對我下手嗎？」

「別跟我提李向秋！」張蓉怒道：「我說過一百遍了，是她自己沒抗壓能力，別怪到我頭上。」

「那之後呢？」韓青青冷聲道：「那些亂七八糟的流言是妳傳出去的吧，虧我和向秋還把妳當朋友。」

「誰稀罕妳們？」張蓉嗤了一聲：「不過是人緣好了點，追的人多了點，就都跩得不行，有什麼了不起的。韓青青，老實告訴妳，我看妳不爽很久了，今天竟然還敢動手打我……我馬上就會讓妳知道惹火我的後果。」

「就靠妳這些朋友？」一直沒吭聲的穆方開了口，打量著那些人。

都是一群年輕混混，十七、八歲的居多，和穆方差不多大。這種年紀血氣方剛，是膽子最大的時候。

「對，還有你！」張蓉咬牙切齒地瞪著穆方：「這些事都是你搞出來的，我要你付出代價！」

如果不是穆方到班上搗亂，張蓉不會自亂陣腳被揭穿，也不會挨韓青青的耳光。

經今天這麼一鬧，她已經沒辦法在二〇一班繼續立足了。就算其他人不像韓青青那麼直接，她也受不了背地裡的指指點點。

張蓉下定決心，今天把眼前這兩人打一頓出氣，然後就叫父母安排自己轉學。

「蓉蓉。」雞冠頭叼著根煙，斜著眼睛道：「還廢話什麼，直接上去揍人啊。」

張蓉遲疑了下，有點欲欲躍試。

韓青青瞪她一眼：「妳過來打我試試？」

張蓉又不敢動了。

「操。」雞冠頭把煙蒂一彈，恨鐵不成鋼地罵道：「我火雞怎麼就認了妳這個沒種的妹妹。妳上去打，我在這看著，看他們哪個敢還手。」

雞冠頭的綽號叫火雞，是自己取的，模仿某部古惑仔電影裡的知名人物。火雞早年輟學，然後就混跡在街頭。年前火雞閒得無聊，就隨便找女高中生搭訕，結果遇到了張蓉。

要是換其他女生，一定找個理由就跑了，張蓉卻出於一些微妙的心理，斷斷續續和火雞保持聯繫，還認他當乾哥。

今天真面目被穆方揭穿，又被韓青青打了一耳光，張蓉立刻就想到了這位乾哥。

「火雞？是挺像的。」穆方仔細打量雞冠頭，客氣道：「看您也是一表人才，對女人下手終歸不是很光彩吧。」

「當然，女人是用來上的，不是用來打的。所以，我只打你。」火雞威脅似地捏了捏手指，只可惜骨節沒有響。

穆方提示道：「用點力，掰斷就響了。」

「你媽的！」雞冠頭大怒，大步向穆方跑來。

其他人見火雞動了，也跟著圍攏上來。

穆方忽地翻身上了機車，猛催油門。機車突突一陣急響，在橋頭轉了個半圓的弧線，混混們驚叫躲避。

穆方扭頭對有點發愣的韓青青吼道：「還傻愣著幹嘛，上來啊！」

「噢！」韓青青下意識地上了機車後座。

穆方一加油門，機車轟鳴著衝了出去。

「媽的，攔住他！」雞冠頭等人又是一陣大亂，急忙想把穆方截住。

一般來說，應該是往人少的方向突圍逃跑，可穆方反其道而行，哪裡人多往哪衝。雞冠頭等人罵罵咧咧地四下躲避，有的乾脆跳到橋簷外側。

其實石橋就這麼窄的地方，對方又那麼多人，隨便有兩個機靈的反應過來，把人從機車上扯下來根本不費勁。穆方不打算等他們意識到這點，他的計畫是把人群衝散，然後趁機逃跑。

可始料未及的是，韓青青太嗨了。

坐在後座的韓青青一開始還有點發愣，可過了一會之後，非但不害怕，反而興奮起來。

「哈哈，撞他們，撞，使勁撞……那邊還有，左邊，笨蛋，是左邊！」

不光嘴上吵，手也沒閒著，抓著穆方的肩膀一個勁搖晃。

穆方正打算逃跑呢，被韓青青一晃，沒控制好方向，前車輪頂到橋邊的石墩上。伴隨著韓青青驚慌的喊叫，兩人抱在一起從車上滾了下來。

還好摔倒的地方是個垃圾堆，雖然味道重了點，但好險兩人都沒什麼大礙。

「虧你剛才還耍得那麼帥，怎麼連機車都騎不好。」韓青青從頭頂扯掉一塊香蕉皮，口中抱怨連連。

「妳還敢說！」穆方從身上摘下幾坨揉爛的衛生紙，更是氣急敗壞：「知道什麼叫豬一樣的隊友嗎?就是妳這種的。老老實實坐著不就好了，真不知道在興奮什麼。」

兩人正拌嘴，火雞等人大呼小叫地追了上來。

這次穆方和韓青青總算有默契了，站起來轉身就跑。一邊跑，韓青青一邊拿出手機撥了出去。

「可惡啊，竟然是語音留言。」韓青青一臉懊惱，對著電話罵道：「賀青山，聽見電話趕緊來救命，有個叫火雞的混蛋想非禮我！」

掛掉電話，韓青青猶豫了下。

「不行啊，萬一那傢伙沒聽到留言怎麼辦？看來還是得找老爸。但要是他來了，麻煩可就大了……」韓青青嘀嘀咕咕，又撥通了另一個號碼。「爸，有人要打你的女兒了，快來啊……」

跑起來呼呼帶風，加上後面又喊又叫的，穆方沒完全聽清韓青青的電話內容。

「這個時候打電話有屁用，就算警察來也要時間。」穆方回頭看了一眼，氣喘吁吁道：「前面那幾條巷子看到了沒，進去我們分頭跑，我把他們引開。」

韓青青不屑：「我在學校是女子長跑冠軍，用不著你英雄救美。」

「我呸，救個屁美啊我。」穆方罵道：「妳在學校跑贏的都是女人，後面追的可是一群流氓，就妳這兩條小細腿，早晚被追上。」

「流氓又怎樣，有比你更流氓的嗎！」

兩個人爭吵著跑進巷子裡。

「這裡，快點翻過去。」進巷子沒多遠，穆方就看到一堵高牆邊堆著不少破箱子，趕緊讓韓青青爬上去。

韓青青騎在牆頭上，向穆方伸出手：「快，我拉你上來。」

穆方卻沒理她，直接把那堆箱子推倒。

韓青青著急了：「你幹嘛，我都說不用你管！」

「女人真是麻煩。」此時後面的叫罵聲逼近，穆方拿起一個破竹筐就砸了過去：「快躲起來，別拖我後腿！」

韓青青哎呦一聲，直接被砸落牆頭，掉到另一側。

此時，火雞等人恰好跑到巷子口。

「妳這女人怎麼跑那麼快，等我一會啊……」穆方假裝對著前面大聲喊叫，拔腿再度狂奔。

「追，別讓他們跑了。」雞冠頭順手從旁邊撿起一根棍子，在後面緊追不捨。

韓青青從牆頭跌下去後，坐在地上緩了老半天的勁。

這個臭傢伙，就算是幫忙都能把人給氣死。等老爸過來，非好好教訓他一頓不可。

「我說老爸，你到哪裡了啊。」韓青青拿出手機又撥打了出去：「二、三十個混混追你的寶貝女兒呢，你要是再不來……」

「馬上到！」電話另外一邊的聲音很低沉，殺氣四溢：「誰敢動妳一根手指頭，我把他挫骨揚灰！」

「你別忘了自己是警察，還是別說那種話吧。」韓青青吐了吐舌頭：「我沒事，但有個和我一起的色狼……呃，不是，一個和我一起的同學很危險。為了救我，他去當誘餌了。」

和韓青青想的不同，穆方沒太多高尚的情操，更沒有英雄救美的覺悟。

其實穆方想的很簡單。

被一群人追，一個大男人把女人丟下怎麼都不好聽，不如把韓青青藏好，然後自己再脫身就簡單了。

穆方想得簡單，但忽略了地形的複雜。

在巷子裡鑽來鑽去，穆方突然發現自己似乎跑進了死路，等想退出去的時候，以火雞為首的混混們已經站在巷口獰笑了。

看著面前這些人，穆方無奈地一聲長嘆。

看情形，今天十有八九要被圍毆。

不過，好像也不是沒幫手。

穆方四下打量，腦袋裡突然冒出一個主意。

「靈目，開！」穆方靈目一開，眼中紅芒乍現，衝在前頭的幾個小混混都嚇一大跳。

又往旁邊看了看，穆方嘿嘿一笑。

剛才他就感應到了，這裡的靈體雖然沒有感應太強烈的，但數量不少。睜開靈目一看，果不其然，窄窄的巷弄中竟有十多個遊魂在遊蕩。

「給我上！」

火雞木棍一揮，小混混們立刻亂哄哄地湧進巷子，朝穆方衝來。

跑在最前面的混混，直接張臂抱向穆方的雙腿。

這混混很有打群架的經驗，這種多打一的情況，只要把人摺倒，任對方有多大力氣都施展不開。

穆方一把摟住旁邊遊魂的脖子，雙腿飛踢那混混胸口。

那小混混哎呦一聲，跌坐在地。可後面跟著的混混見了不怒反喜，大步向前。

面對一群人還敢跳起來，那你可真是找死。

兩個混混順勢上前，攬向穆方的腰和腿。

若是正常人或者正常情況，八成被當死狗一樣摔到地上了，只是這兩個小混混今天倒楣，穆方並非正常人，現在更是非常情況。

穆方右手摟著一個遊魂的脖子，左手按住另一個走過的遊魂腦袋，向下一撐。兩腳不著地，雙腿凌空彈起，正踹在那兩個混混的鼻子上。

中途發力，力道有限，但鼻子何其脆弱，兩個混混只感覺鼻子一陣痠痛，就蹲到了地上，鼻血眼淚橫流。

遊魂雖無意識，但也有身體本能，被穆方這麼當扶手，那兩個遊魂當然不高興，不約而同向前走去，似是想遠離穆方。

但穆方還是強摟著脖子不鬆手，兩腿更是一陣亂彈，就勢踹向那些混混。

如果是兩個普通人被穆方這麼按著，那畫面會很好笑，可別人根本看不見遊魂，這般光景落到他人眼中，震撼效果無庸置疑。

「這小子會輕功？」人群之中有人驚叫。

穆方更是大笑：「哈哈，說對了，看我懸空無影腳！」

俗話說得好，樂極必生悲。穆方一是缺乏與靈聯合作戰的經驗，再就是忽略了地形的限制，很快就吃了虧。

先前那幾個混混衝得急，才被穆方鑽了破綻，等後面的混混一窩蜂地擠進來，再加上其他的遊魂，身處狹窄巷子的穆方就被擠得動彈不得了。

「抓住他！」

「抱腿，抓脖子……」

小混混們你擠著我，我擠著你，拳腳根本施展不開，但依然生生把穆方給擠趴下了。

穆方氣得大罵：「擠作一團算什麼好漢，有本事我們換個寬敞地方公平決鬥！」

「誰他媽跟你決鬥，抓住他！」

混混們一擁而上，在不甘的嚎叫聲中，穆方被壓在了最下面。

「讓開讓開，給老子讓開。」

混混們分開，火雞從後面擠了過來。

「臭小子，你再跑啊。」火雞一腳踩在穆方肩膀上，獰笑道：「說，那個女的跑哪去了？」

穆方吐了一口摻雜著泥土的唾沫，沒吭聲。

「脾氣挺硬的嘛。」火雞眼珠轉了轉，陰笑道：「你別擔心，我不會打你，可你要是不告訴我那個女的在哪，我就只能拿你洩火了。」

說著，火雞踢了踢穆方的屁股。

淡定的穆方頓時大駭。

媽的，今天怎麼這麼背，碰上一個男女通吃的。被打一頓也就罷了，可要是貞操不保……

正在這時，火雞的電話突然響起。

「呦，蓉蓉呀……放心放心，抓到一個……我等會讓兄弟接妳過去……」

火雞掛斷電話後臉上露出一抹淫笑：「差點忘了，還有個洩火的呢。」

他蹲下捏了捏穆方的屁股，「小子，今天算你走運。」對其他人道：「把這小子綁起來，一起去找我乾妹。」

被火雞捏那一下，穆方差點叫出來，只感覺全身都起了雞皮疙瘩。

媽的，死火雞，敢肖想老子菊花，你他媽的死定了！

穆方咬牙切齒地瞪著火雞的背影，在混混們綁他的時候，悄悄把一個遊魂的手墊在了身體和手臂之間。

等靈目一閉，遊魂消失，多出的空隙讓繩子鬆了很多。

火雞在市中心租了個二層的小房子，樓下是跟他混的小弟們，樓上是火雞自己的房間。

張蓉趕到後，徑直被引進二樓臥室。火雞坐在床頭得意地看著她，地上則是被捆住的穆方。

「怎麼樣，哥哥沒失言吧。」火雞踢了踢穆方，對張蓉道：「今天這小子是妳的，隨便妳怎麼處理。」

「謝謝哥。」張蓉甜甜一笑，心底卻在鄙視火雞。

會與火雞來往，只是為了利用他而已，對於這個人本身，張蓉其實是非常厭惡的。

「怎麼樣，你再囂張啊。」張蓉走到穆方身邊，低頭得意道：「今天先教訓你，回頭再教訓韓青青。就像李向秋一樣，惹我的人沒一個會有好下場。」

穆方抬眼看了看張蓉，嘆了口氣，沒吭聲。

「你這是什麼意思！」張蓉火大了。

張蓉不是傳統意義上的小太妹，充其量只是一個嫉妒心強的自大狂。光是打穆方一頓不能讓她消氣，她更喜歡看到對方求饒害怕的樣子。

現在穆方已經被捆在地上，但臉上看不出一點懼意，看著她的目光甚至還帶有幾分憐憫，這些都讓張蓉極度不爽。

「說話，你聽到沒有！」張蓉不能容忍穆方的無視，咆哮道：「到現在還敢跟我裝了不起，信不信我直接打死你！」

「妳想讓我說什麼？」穆方調整了下姿勢，手臂暗自活動，讓捆著自己的繩子又鬆動幾分。

「叫姐姐，向我求饒。」張蓉昂著下巴：「叫得好聽，我可以考慮讓乾哥放你一馬。」

穆方撇了撇嘴：「妳還是先考慮考慮，妳的乾哥哥今天能不能放過妳吧。」

「我怎麼了？」張蓉狐疑地轉過頭，正對上火雞那色迷迷的眼神。

張蓉心中一陣厭惡，但嘴上還是笑呵呵道：「哥，幸好有你幫我，要不然我都要被他們人欺負了呢。」

張蓉知道火雞對自己有意思，她也正是利用這點使喚火雞替她辦事。

張蓉玩這套伎倆很熟練，學校裡很多男生也都被她牽著鼻子走，不過她忘了一件事，火雞是街上的混混，不是學校的學生。

「知道哥哥好，妳也得有所表示啊。」火雞起身，把手搭在張蓉的肩膀上。

張蓉強忍著心中的厭惡，嬌嗔著打掉火雞的手掌：「放心啦，晚上回去我就向我爸多要些錢。」

「我不在乎錢。」火雞又把手放到了張蓉的腰上：「蓉蓉，妳應該知道哥哥最想要什麼了。」

「哥你又開玩笑……」張蓉把火雞的手推開：「今天不早了，我得走了。」

張蓉有點害怕了。

「走？睡這多好。」火雞皮笑肉不笑：「蓉蓉，反正妳早晚都是哥哥的人，還矜持個什麼勁啊。」

「我、我要回家。」張蓉是真的怕了，轉身就要出門。

火雞一個箭步竄過去，將張蓉狠狠地甩到床上。

「臭婊子，別敬酒不吃吃罰酒。」火雞原形畢露，惡狠狠道：「妳當老子真稀罕妳那幾千塊錢？要不是看妳有幾分姿色，誰他媽理妳！」

火雞拉開門，朝樓下喊道：「都給我聽著，等會不管上面有什麼動靜，都不許上來煩老子，聽見了嗎？」

下面的小混混們一陣哄笑。

「火雞哥，你要弄什麼動靜啊。」

「讓我們也見識見識唄……」

火雞笑罵：「都給我滾蛋，讓你們聽聲都算便宜你們了。」

接著，火雞將門反鎖，轉過頭看向穆方，似笑非笑道：「今天給你點福利，讓你好好欣賞欣賞。」

火雞多少有點心理變態，一想到被抓來的人看著他辦那檔事，就感覺格外地亢奮。

穆方看了看火雞，把頭轉向縮在床上瑟瑟發抖的張蓉：「看到沒有，這叫現世報。妳給李向秋造的謠，這麼快就全應在妳自己身上了。」

「不要，別過來！」看著一步步走近的火雞，張蓉嚇得手腳發軟：「你、你別這樣，你這是犯罪，會被抓起來的……」

火雞大笑：「妳自己跑來找我的，我犯了什麼罪？」

張蓉帶著哭腔哀求：「求求你放過我吧。我回家拿錢給你，很多很多錢。」

「別這樣，提錢多見外啊。」火雞甩掉外套，露出排骨似的身材，獰笑著朝張蓉撲了上去：「哥哥今天只想要妳。」

「救命，救命！」張蓉一邊奮力抵擋，一邊驚恐地大聲呼救，但得到的回應，只是樓下陣陣起鬨聲響，甚至還有人吹起了口哨。

同一時間，穆方終於把身上的繩子解開，悄悄地站了起來。

穆方對張蓉沒有半點好感，但並不代表他能接受一個女孩在自己眼前被人強暴。更何況，張蓉那通電話算變相救了自己的貞操。自己也救她一次，大家算是扯平。

在火雞光著屁股撕扯張蓉衣服的時候，穆方四下看了看，順手從旁邊桌子上拿起一根火腿腸，悄悄走到火雞身後。

奶奶的，你這傢伙男女通殺是不是，讓你見識一下老子的千年殺。

「看招！」穆方直接捅了過去。

一聲慘絕人寰的慘叫平地而起，火雞直接從床上跳起，差點撞到天花板上。落地之後，更是癩蛤蟆一樣趴在地上不停地抽搐。

聽到火雞的尖叫，下面的混混們一陣疑惑。

「剛才那叫聲是什麼？」

「雞哥今天玩得有點過火啊……」

「要不然去看看？」

穆方不等火雞緩過勁來，緊跟著衝了過去。

「你這死雞，不光綁架老子，還敢肖想老子的菊花，今天老子就好好伺候伺候你……嗯，這還有辣醬？好！」

「啊嗷嗷嗷……唔唔……」

色字當頭的火雞哥千不該萬不該惹上穆方，不過他現在後悔也晚了，只能盡情地享受穆方的ＳＭ。

穆方在那伺候火雞，衣衫不整的張蓉在一旁愣愣發呆。

「傻愣著幹嘛?叫啊，大聲地叫。」穆方低聲喝罵：「難不成妳還想等下面的人察覺不對勁，一起上來看嗎？」

「叫什麼？」張蓉依舊一臉茫然。

「靠！」穆方丟下火雞，作勢去扯張蓉殘存的衣服。

「啊！不要，救命！」張蓉又尖叫起來。

「對，就這麼叫。但這聲音不行，再尖銳一點，提高聲調……」

穆方滿意了，轉回去一邊教訓火雞，一邊碎碎念地指揮。要是不清楚情況的，還以為他在拍電影呢。

樓下的人聽到張蓉的叫聲，也都打消了上樓觸霉頭的想法，繼續互相調侃著大笑。

在張蓉的尖叫聲中，穆方把火雞綁了個結結實實，又找出一卷膠帶把嘴封上。

正忙碌的時候，穆方忽然聽見樓下一陣大亂。

「我操，這他媽根本打不贏啊。」

「這老傢伙哪來的，哎呦……」

穆方示意張蓉噤聲，然後悄悄把門打開一條縫隙，順著樓梯口向樓下偷瞄。

只見樓下一位戴著鴨舌帽的大漢，揮拳踢腿，所向披靡。

我靠，這才是一個打十個，真男人啊！

穆方下意識地回頭看了一眼躺在地上半死不活的火雞，自得地撫了撫下巴。

我也算是真男人，只是大家路數不同。

「那個誰啊，你在不在？我來救你了……」

伴隨著一個清脆的女聲，韓青青拎著一根棍子從外面衝了進來。

「什麼那個誰，我有名字。」穆方從樓梯口探出頭來，嘿嘿笑道：「這位大俠哪裡請的，太威猛了。」

「老爸，這個交給我……哎，你小心後面……」韓青青正在那拎著棍子發威，哪裡有空理會穆方。

「老爸？他是妳爸？」

看看那些躺在地上哀號的小混混，穆方不禁咽了口口水。

太可怕了，難怪韓青青那麼凶殘，原來有個更加凶殘的老爸。

韓青青看著穆方慘白的臉，安撫道：「我爸是市警局的刑警大隊長，拿過全國警隊的格鬥冠軍，你不用怕。」

一陣窒息感頓時湧上穆方心頭。

刑警大隊長，格鬥冠軍……妳老爸也太猛了點。

那大漢撂倒最後一個混混，抬頭看向穆方，一對大眼煞氣逼人。

穆方一個激靈：「韓爸爸……你、你好。」

「我叫韓立軍。」大漢黑著臉：「你下來。」

穆方又哆嗦了一下，順口道：「你上來。」

「嗯？」

韓立軍一瞪眼，穆方差點從樓上掉下去，急中生智道：「韓警官，您來得正好。這裡有個火雞非法拘禁，又強暴少女未遂，被我抓住了，您上來看看？」

非法拘禁？強暴未遂？

這回輪到韓立軍嚇一跳，連忙上樓。古怪地看了一眼還在呻吟的火雞，以及衣衫不整的張蓉，臉色沉了下來。

他出來之前，只當女兒惹到了什麼小流氓，所以穿著便服出來，打算好好教訓一下那些敢在老虎頭上拔毛的小癟三，可看眼前這情況，事情好像沒那麼簡單。

「到底怎麼回事？」韓立軍沉著臉問道。

穆方咳嗽了下，解釋道：「簡單地說，就是這位張蓉同學對我們不爽，找了她乾哥想揍我們出氣。沒想到這位乾哥動機不良，把我綁來之後，打算讓張蓉同學用肉體做報酬。

「關鍵時刻，我掙脫束縛，摒棄前嫌，以大無畏的勇氣和智慧救下了張蓉同學。再然後呢，您就來了……」

韓立軍咳嗽了下，道：「別的我能理解，可這火雞……是怎麼回事？」

穆方乾笑：「呵呵，這種變態總有些特別嗜好，您不用放心上。」

這時張蓉已經從驚嚇中恢復了少許，聽到穆方的話頓有不滿，叫道：「都是你的錯，要不是你跑到我們班上鬧事，今天什麼都不會發生！」

「靠，過河拆橋啊！」穆方回頭罵道：「再囉嗦，小心我把妳扒光扔出去！」

看穆方那凶神惡煞的樣子，張蓉害怕地抖了抖，扯過被子蒙住了頭。

韓立軍看了看穆方，臉上盡是無奈。

說他是壞人吧，幹的是好事；可說他是好人吧，他這副樣子說出去沒人信。

韓立軍沉思片刻，朝樓下喊道：「青青，妳過來幫妳同學穿好衣服，我去打個電話。」

穆方跟著韓立軍下樓，在和韓青青交錯而過的時候，韓青青威脅似地做了個抓奶的動作，把穆方嚇出一身冷汗。

完了，這下被抓住把柄了。

韓立軍今天來是替女兒出氣，所以就算有心把火雞等人帶回局裡，也不太方便直接出面，打了幾個電話後，就在一樓客廳等著。

穆方坐在沙發上低著頭不去看韓立軍，就像小媳婦見公公似的。

「喂，你是怎麼認識我女兒的？」韓立軍單刀直入。

「巧合……」穆方意簡言賅。

韓立軍哼了一聲，道：「你們小孩子之間的事，我不會插手，但我必須警告你一點，青青年紀還小，少不更事。你們做朋友沒關係，但你最好別動什麼歪腦筋，否則的話……」

韓立軍捏了捏拳頭，跟火雞的裝腔作勢不同，指關節發出連串爆響。

「您想到哪去了……」穆方咽了口口水，連忙解釋道：「如果不是李向秋的事，您今天壓根都不會在這看到我。」

「李向秋？」韓立軍面露疑惑。

「反正這事說來話長，回頭問您女兒就清楚了。」

正說話間，一個青年突然怒氣沖沖地從外面闖了進來。

「火雞呢？給老子滾出來！」

青年闖進屋裡後，與韓立軍一見面，兩人都怔了下。

「賀青山。」韓立軍一聲輕咦。

聽到這個名字，穆方也愣了下。

對了，韓青青好像說過，她認識賀青山。

哇操，這女人真是深藏不露啊，老爸是刑警大隊長，認的乾哥又是個大牌流氓，檔次可比張蓉高多了。

眼下的情況，好像會很熱鬧。

黑水的第一打手，市警局的刑警大隊長……

05

胡攪蠻纏

一個是道上傳聞的本市第一打手，一個是警界的格鬥冠軍，這兩人碰到一起，絕對是火星撞地球的激情碰撞。

眼睛在韓立軍與賀青山身上來回掃視，穆方莫名地激動起來。

有好戲看啊！

可是這兩個人的反應，卻出乎他的意料。

賀青山向前走了幾步，恭恭敬敬對韓立軍鞠了個躬：「師父。」

一聲師父，穆方下巴差點沒掉地上。

怎麼回事？難不成韓立軍還搞副業，教混混練功？

韓立軍神色複雜地看著賀青山，嘆了口氣：「還在混？」

賀青山點了點頭。

「那你來這裡做什麼？」韓立軍又問。

賀青山中規中矩答道：「是青青打電話給我，說火雞找她麻煩，我這才過來看看。」

穆方又是一陣驚訝。

看情形，賀青山和韓青青認識的事，韓立軍也知道。剛才抓著我審半天，可對這個大牌混混，韓立軍怎麼就不生氣呢？

賀青山頓了頓，又輕聲道：「不過既然您在這，應該是沒我的事了，先告辭了。」

韓立軍張了張嘴，欲言又止，眼睜睜看著賀青山離去。

看賀青山走遠，穆方終於忍不住問道：「韓警官，您是怎麼認識賀青山的啊，抓過他？他為什麼叫你師父？」

韓立軍看了看穆方：「你和青山很熟？」

「我聽說過他，但不認識。」穆方壓低聲音道：「難道他是臥底？」

「你當在拍電影啊。」韓立軍沒好氣地瞪了穆方一眼，隨即又有些黯然。

「他是個混混，但以前是個警察，一個很出色的警察……」

原來，賀青山叫韓立軍師父，不是因為韓立軍教他什麼功夫，而是賀青山從警校畢業後，就是韓立軍帶著他。賀青山也一直表現得很出色，警局上上下下都很看好他的未來。

可未等這顆警界的明日之星綻放光彩，賀青山就栽到了一個案子上。

一個大企業高階主管醉酒強暴女員工，女員工當天就帶著沾有精液的內褲報了案，當時負責這個案子的，正是賀青山。

人證物證俱在，案情簡單明瞭。可到後來，那個高階主管拿出一筆巨額賠償金，讓女員工在最後關頭改了口供。

賀青山為這件事很不愉快，但沒做什麼過火的事，如果不是後來對方得意洋洋地來挑釁，賀青山可能現在還是一名警察。

因為辦案的時候賀青山鐵面無私，拒絕了那高階主管的多次賄賂，後來案子了結，對方故意來找賀青山，表示老子有錢有勢，玩個女人又怎樣。

賀青山一衝動，就踹了那人兩腳。

這兩腳，讓對方斷了三根肋骨，破了一個脾臟，也踹掉了賀青山的警察生涯。

兩年之後，從牢裡出來的不再是警界的明日之星，而是讓道上兄弟拜服的「山哥」。

韓立軍的敘述，讓穆方唏噓不已。

想不到賀青山會有那樣的過去，難怪他跟一般的混混看起來不太一樣。

韓立軍看了看穆方，道：「知道我為什麼告訴你這些嗎？」

穆方搖了搖頭，心想今天我們第一次見面，誰知道你說這些幹嘛。

韓立軍道：「我不希望你走青山的老路。」

穆方撓了撓腦袋，莫名其妙道：「我和他又不一樣，人家是警校畢業的高材生，我連大學都不一定能考上呢。」

「一理通百理明，我只想讓你從青山的事情裡吸取教訓。」韓立軍道：「一步錯，步步錯，凡事三思而後行，切不可衝動，否則的話，後面很多事你想改都改不了。」

「噢……」穆方似懂非懂地點了點頭，但還是有些不解。

這老傢伙幹嘛跟我說這些，我一不是他徒弟二不是他晚輩，該不會想讓我當他女婿吧？

要是韓立軍知道穆方心裡想的，非一巴掌拍過去不可。不過就算韓立軍自己，也說不清為什麼要告訴穆方這些話。如果一定要找個原因，只能說是一種莫名的危機意識。

韓立軍隱隱覺得眼前這個吊兒郎當的小子，將來說不定會幹出什麼不得了的事情來。現在如果能矯正的話，就得趕緊矯正一下，要是讓他走了賀青山的老路，就什麼都晚了。

過了沒多久，刑警隊的車趕到，把穆方、韓立軍、韓青青，以及火雞、張蓉，和那班被韓立軍撂倒的小混混，盡數帶回局裡。

按照程序問完口供，除火雞之外，大家基本就能各自回家，可隨著張蓉父母的出現，刑警隊裡開始熱鬧了。

「什麼破口供，我們家蓉蓉不認！」張蓉的母親呂紅好像一頭暴怒的母獅，對著審訊的女警大聲咆哮：「分明是那個叫穆方的小子和外面的小流氓合謀，把我家蓉蓉騙去，怎麼到你們嘴裡，就成了蓉蓉的錯了！」

張蓉的父親張建國也是面色陰沉：「你們這叫誘導口供，而且我女兒是未成年人，是受法律保護的。你們不通知家長就貿然把她帶到警局，這是侵犯人權。」

在張家父母的語言轟炸下，負責審訊的女警氣呼呼地摔門而出，找到韓立軍。

「韓隊長，你說你見過那麼胡攪蠻纏的人嗎？不過是做個筆錄，也無限上綱顛倒黑白。救了他們小孩，反倒還救出麻煩來了……」

韓立軍苦笑道：「妳又不是第一天當警察，這種事還少嗎？等等吧，讓他們冷靜下來再繼續。」

穆方和韓青青筆錄早就做好了，乖寶寶似地坐在韓立軍辦公桌的對面。

穆方眨了眨眼，建議道：「不就是筆錄嘛，要不然我去跟他們對質吧。」

「你還是算了吧。」韓立軍白了穆方一眼。

雖然接觸次數不多，但在認識穆方的人裡面，還真沒有幾個比韓立軍更瞭解他的。要是讓穆方去，對質是不用想了，對罵倒是很有可能。

韓立軍現在也頭疼，他叫張蓉父母過來，本來是想提醒一下，讓他們看好自己的女兒，畢竟這次剛好有自己和穆方幫忙，下次可能就沒那個好運。可哪想到是這麼不講理的怪獸家長，還不如直接把人送回家呢。

韓立軍正頭疼的時候，辦公室門一開，張建國夫婦帶著張蓉闖了進來。

「韓警官，你得給我一個說法。」呂紅咄咄逼人道：「我家蓉蓉平時要多乖有多乖，怎麼就今天被人騙到那種混混聚集地？」

「這也正是我想跟你們說的。」韓立軍斟酌了下詞句，客氣地委婉道：「我們做父母的，肯定對孩子都盡心盡力，但是孩子心裡究竟想什麼，可能我們一點都不知道。平時工作再忙，也要多跟孩子溝通溝通，免得被一些不三不四的人勾搭，上當受騙……」

「韓大隊長，我們都別拐彎抹角了，你想說什麼我知道。」呂紅冷笑著打斷了韓立軍：「歸根結柢，你還是認為是我們家張蓉交友不慎，才被人騙到那裡去的，對不對？」

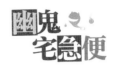

穆方小聲接口道：「不算交友不慎，只是認哥不慎。」

呂紅狠狠瞪了穆方一眼。韓立軍連忙搶著問道：「張太太，那依妳的意思，張蓉為什麼去那裡呢？」

「那就要問你家青青了。」呂紅白了一眼韓青青。

韓青青立刻不爽了：「我怎麼了？」

「我也不知道妳怎麼了。」呂紅陰陽怪氣道：「我只知道，今天妳和蓉蓉在班上打架，然後晚上就出了這種事，誰知道是怎麼回事。」

聽著呂紅的含沙射影，韓立軍也火大了：「張太太，說話要講證據，妳要是不信，我可以把那些小混混叫過來，全讓妳問過一遍。」

一直沒吭聲的張建國開口了，言語帶著嗤笑：「這裡是警察局，進來的人要說什麼話，還不是你韓大隊長一句話的事。糊弄小孩子的話，還是不說比較好。」

「張建國！」韓立軍大怒：「亂說話你要負責任！我韓立軍對得起身上的警服。」

呂紅也嗤笑了一聲。「好聽的話誰不會說。」

「妳……」韓立軍噌地一下站了起來。

「怎麼？你還想打人？」呂紅大叫起來：「你打我啊，我站在這讓你打！」

韓立軍臉色一陣青一陣白，又氣呼呼地坐了回去。

張建國夫婦擺明是故意胡說八道，這類情況講不出道理來，就算證據就在那兒了，他們也能說你作假。

這麼一鬧，其他的警察也都過來了解情況，紛紛好言相勸。穆方在一邊看著，更是一陣陣不爽。

因為李向秋的事，穆方本來就對張蓉厭惡到極點，現在一看，還真是有其母必有其女。

韓立軍氣鼓鼓地坐在椅子上一聲不吭，但張建國和呂紅卻沒有絲毫退讓的意思。

在他們看來，張蓉之所以差點被人強暴，罪魁禍首就是韓青青和穆方，這事不吵到對方低頭認錯，他們絕不會甘休。

說到底，他們不是要為女兒平反，而是為了面子。說自己的女兒是不良少女，他們丟不起那個臉。

呂紅指著穆方和韓青青道：「韓大隊長，你要真是鐵面無私，就把他們抓起來審一審。你想包庇你女兒，我可以勉強裝看不見，但是這個小混球，你必須把他抓起來！」

張建國也冷哼道：「沒錯，我家蓉蓉說了，一切都是這臭小子搞出來的。先是到學校鬧事，後來又勾結地痞流氓，不抓起來，不足以平民憤。」

兩人給韓立軍施壓不假，但也沒想真的得罪大隊長，占據上風之後，還頗有技巧地後退了一步，把矛頭轉向穆方。教訓了穆方，替女兒出氣，也能找回他們的面子。

張家夫婦的策略不能說不對，只是他們實在是選錯了對手。

穆方本來就被這夫婦二人鬧得火大，現在他們徹底把矛頭指向自己，他壓抑許久的情緒，終於壓不住了。

「抓抓抓，抓你老師！再他媽的吵個沒完，我先抓你們全家褲襠！」

穆方的嗓門不算高，但內容極具震撼力，就連目前最高分貝的呂紅都把嘴閉上了。

這裡是警察局，刑警大隊長的辦公室，在這裡撒潑打滾的人不少，但當眾以另類方式威脅人的，似乎還從來沒有出現過。

眾人噤聲，齊齊看向齜牙咧嘴的穆方。

呂紅最先反應過來，怒指穆方：「臭小子，你……」

「再怎麼臭，也沒妳這更年期老女人臭！」穆方反口就罵了回去。

不就是比無賴嘛，誰怕誰啊。

穆方跳上桌子繼續道：「告訴你們，老子還沒過十八歲生日，在法律範圍內是未成年人，也就是說，這段期間老子就算殺了你們也不會判死刑。

「你們再囉里叭嗦把老子搞得不爽了，老子就真的賭一把，弄死你們全家然後直接自首，在裡面好好表現立功，三十歲不到就能出來，到時候又是好漢一條。」

穆方這時頭髮全都散開，露出右眼的那道疤，再配合猙獰的面孔，讓人越看越像一個暴力犯。

張建國和呂紅也算見過世面，但哪見過這樣的瘋子，這裡可是警察局啊，在那又抓褲襠又殺人的。

見張家三口被罵得狗血淋頭，韓青青的眼睛裡全是崇拜的小星星。

太厲害了，這叫以彼之道還施彼身，潑婦就該找流氓來對付。

而韓立軍和一眾警察在一旁聽著，額頭的青筋就沒消下去過，狂跳不止。

這小子根本是藐視法律，在警察局大放厥詞就罷了，竟然還說什麼滅人家滿門還能減刑。這樣的凶徒，不管年齡大小，都應該直接槍斃。

不過眼下這個時候，他們聽了感覺還是滿爽的，一個個都不開腔。

就連韓立軍自己都沒事似地拿起一疊紙，好像在認真翻閱資料，然而仔細一看，才發現他文件都拿顛倒了。

穆方罵了一會兒，只感覺口乾舌燥，對站在飲水機旁的女警道：「這位漂亮姐姐，能給杯水嗎？」

那女警正是一開始被呂紅罵出來的那個，也不知道是下意識還是故意的，迅速地倒了杯溫水給穆方。

「謝謝呀。」穆方端起水杯一飲而盡，然後指著張建國和呂紅夫婦道：「對了，剛才罵到哪了？給我點提示。」

張建國和呂紅的臉早就變成了茄子色。

「韓警官。」張建國轉向韓立軍斥道：「這就是你們警方的態度嗎？任由這種小流氓……」

「喂喂，你找錯人了。」穆方直接跳到張建國面前，指著自己的鼻子：「現在是我們的糾紛，跟警察有什麼關係？別以為認識警察就能仗勢欺人！」

「你根本胡攪蠻纏！」張建國氣壞了。

誰仗勢欺人了？認識韓立軍的應該是你這小混蛋才對吧。

「我還未成年，我就幼稚啊，怎麼樣。」穆方嘲諷道：「你年紀這麼大了，跟我一個小孩子在這吵架罵街，你丟人不丟人啊？」

張建國氣得七竅生煙，哆嗦著半句話都說不出來。

「臭小子，我警告你……」

呂紅剛想張口支援老公，又被穆方一句話給嗆了回去。

「男人在說話，女人閉嘴。」穆方瞪眼罵道：「再不懂規矩，信不信我揍妳。哎呦，還敢瞪我……你們都別攔著我，我今天非揍他們不可！」

穆方兩手分別扯住兩個警察，又叫又跳的，弄得那兩名警察哭笑不得，拽也不是，不拽也不是。

張建國和呂紅敢在警局鬧事，是吃定了韓立軍自持身分，不會把他們怎麼樣，可穆方這個另類的存在，就很難說了。

張蓉雖然沒對父母說實話，但肯定不會忽略穆方去學校教室大鬧的關鍵點，這麼一個無法無天的傢伙，再幹點其他缺乏理智的事也不奇怪。

「別和小鬼一般見識。」面對更無賴的穆方，呂紅終究是認輸了，拉起早已哭成淚人的張蓉，轉身奪門而出。

「今天的事，我會投訴！」張建國聲色俱厲地丟下一句，也隨著老婆女兒離開。只是穆方緊跟著的一句話，讓張建國和韓立軍都差點摔倒。

「韓警官接到的投訴多了，不差你一個。」

隨著張家人離開，穆方再度成為了警局內的聚焦中心。被一群穿警服的人圍著，不管對方用怎樣的眼神看你，終歸都不會舒服。

「那個，諸位叔叔阿姨哥哥姐姐……」穆方訕笑著：「你們該不會跟那一家人一樣，把小孩子的話當真吧。」

韓立軍哼了一聲：「這次就算了，若有下次，我親手把你銬起來，定你個恐嚇罪都是輕的。」

「好心當作驢肝肺，我可是幫你們……」穆方嘟嘟囔囔表示不滿。

韓立軍瞪了他一眼，穆方連忙舉手投降：「好了好了，我以後不會了……」

韓立軍嘆道：「知道你是好心，但有時候好心也會辦壞事的。」

「嗯，我知道錯了。」穆方低頭道：「其實，剛才我還說了一個謊話。」

「什麼謊話？」韓立軍問。

穆方抬起頭，一本正經道：「其實我前幾天已經過完十八歲生日了，所以是絕不會去殺人放火的。」

韓立軍眼角一陣狂跳，其餘正要離開的警察也都臉色糾結。

這臭小子，真該關進去幾天，好好反省反省才是。

韓立軍請穆方吃了頓消夜，又讓人尋回穆方的機車，就打發他回家了。

穆方推著機車走出警局，心裡忿忿不平。

幫你罵跑那一家三口，不感謝我也就罷了，竟然打聽個人也這麼遮遮掩掩！

在和韓立軍和韓青青的交流當中，穆方發現他們父女都知道秋荻這個人的存在，而且似乎也很熟悉李向秋的父親李華、小學老師孫芳。

關係網是摸清了，可韓立軍就是死咬著不鬆口，反倒還一個勁勸穆方別去管這件事。

就在穆方氣呼呼地要上車走人時，韓青青突然從後面追了上來。

「穆方，你等等。」

「韓大小姐，我今天也算是英雄救美，我們應該能扯平了吧？」穆方連忙聲明。

韓青青眉毛一挑：「如果我告訴你秋荻的事情，這樣你是不是又欠我了？」

「這個……」穆方下意識地捂了下胸，有所猶豫。

「你還真以為我想摸你啊，總之你記住欠我一個人情就行了。」韓青青沒好氣地哼了哼：「我爸說你將來不是大能人，就是個大禍害。但不管是哪個，讓你欠我點東西都不吃虧。」

「承蒙韓警官看得起。」穆方兩眼一翻：「好，就當我欠妳人情，秋荻的地址呢？」

「先送我回家。」韓青青眨了眨眼：「我有秋荻的照片。」

06

穆方的執念

穆方騎機車載著韓青青回了警眷宿舍，警衛對穆方印象很深，警惕性也很高，連問韓青青好幾句才放行，讓穆方非常鬱悶。

韓青青的家是老房子，傢俱也算是半個古董，但非常乾淨整潔，白瓷磚的地面甚至能映出倒影。穆方進屋後，很自動地換了拖鞋。

韓青青回頭看了穆方一眼，提醒道：「警告你啊，我還從來沒帶男生回家過呢，你可別動歪腦筋，我爸等一下就回來。」

正在換鞋的穆方差點一屁股坐到地上，氣惱道：「韓大小姐，我就這麼像色狼嗎？別忘了，我們一起睡了一晚，我可沒對妳怎麼樣。」

「靠，誰和你睡一晚了，會不會說話！」韓青青臉色緋紅：「你不像色狼，你就是。」

「……」穆方懶得和韓青青鬥嘴，隨口問道：「妳媽媽呢？不在家啊？」

韓青青表情僵了下，轉身脫下外套，隨意道：「我十歲的時候她就離開了，心臟病。」

穆方一陣尷尬，道歉道：「對不起。」

「沒事，過去那麼多年了。」韓青青轉頭看著穆方：「不過現在你應該明白，我比你更懂向秋。」

「嗯……」

穆方不知道這個時候該說什麼，但韓青青卻好像不怎麼在意。

「就不幫你倒水了，在沙發上先坐一會，我去找照片。」韓青青轉身進了裡屋。

穆方坐立難安，乾脆走到窗邊，向外面隨便看看。

這個時候已經很晚了，對面大樓的房間大多熄了燈，只有少數幾戶還亮著。穆方隨意地掃了幾眼，目光一下停在了一個窗戶上。

韓青青家是四樓，那個窗子在三樓，大樓之間距離不算很遠，沒拉窗簾的客廳內一覽無遺。

那家的布局很簡單，沒什麼東西，沙發上坐著一個中年女人，正抱著一個相框落淚。看那紅腫的眼睛，已經哭了有些時候。

那個女人是孫芳。

她哭什麼？哭李向秋？穆方潛意識裡不太相信。

「在看什麼？」韓青青從屋裡走了出來。

「那裡有個人在哭。」穆方指了指對面的窗戶。

「是孫老師。」韓青青嘆了口氣：「向秋走之後，她只要不上班，就會抱著向秋的照片掉眼淚。」

穆方狐疑道：「孫芳不就是李向秋的小學老師嗎？又是個小三，有什麼好哭的？」

「你這人腦子是不是有問題啊？」韓青青生氣道：「小學老師怎麼了？小學老師就不能想自己學生嗎？再說你這耳朵怎麼長的，誰告訴你孫老師是小三了，你才是小三呢！」

穆方躲了躲韓青青噴出來的口水，解釋道：「之前我以李向秋同學的名義找過她，想問秋荻的下落，她挺凶的，我……」

「你什麼你，你就是個白痴！」韓青青怒道：「還敢當她面提秋荻，不打死你就已經很好了。」

穆方反駁道：「秋荻是李向秋的親生母親，為什麼不能提？」

「這就是李向秋親生母親。」韓青青把手裡一張照片甩到穆方胸口：「但是你知道這個親生母親做了什麼嗎？」

穆方手忙腳亂地接過照片，看了一眼，不由得一怔。

這個女人就是秋荻？

照片上是一個三十左右的女人，燙著時髦的捲髮。雖然照片裡的人更年輕一些，但穆方依然認出了她。這個女人，赫然是穆方昨天在桃李街見過的那個穿著貂皮的女人。

當時看那個貂皮女人就覺得眼熟，現在一聽韓青青的話，穆方頓時恍然大悟。

那個女人和李向秋，眉宇之間頗為神似。

「她就是秋荻？」穆方問道。

「對，秋荻，李向秋的親生母親。」韓青青神色陰鬱。

近二十年前，秋荻是在街上混的太妹，李華是秋荻所在轄區的巡警。在李華的幫助下，秋荻洗心革面，也因此對老實的李華傾心。倒追兩年後，兩人在一起，並在婚後有了李向秋。

然而江山易改本性難移，當初秋荻願意嫁給李華，一是因為還年輕，另外也是看好李華的前程。但婚後，她對生活現狀越發不滿，尤其是李華的薪水根本就滿足不了她的物欲。

後來李向秋上小學，沒多久就患了一場大病，秋荻不僅沒盡母親的職責，反而拋棄李華父女不知所蹤。

韓青青說的故事並不長，但卻讓穆方感覺整個世界都顛倒了。見過劉素珍執著的母愛，所以穆方一直下意識地認為秋荻會離開，是有什麼不得已的苦衷。可萬萬沒想到，她竟然是這樣的女人。

雖然現在還沒辦法證實，但穆方已經信了九成九。

韓青青沒必要騙自己，而李華和孫芳的惡劣態度就更不難解釋了。這樣一個狠心丟棄親骨肉的女人，任誰提起都無法保持冷靜，尤其是在李向秋剛剛離世的情況下。

看著韓青青手裡的照片，又望了望大樓對面哭到心碎的孫芳，穆方遲疑地問道：「那孫芳……不，孫老師呢？」

「孫老師……」韓青青幽幽地一聲嘆息，眼中盡是苦澀。

李向秋沒了媽媽，父親李華又因為工作性質特殊，沒時間照顧孩子。孫芳是李向秋當時的小學班導，知道她家裡的情況後，幾乎天天接送，還幫忙做飯。

後來李向秋小學畢業，孫芳還是繼續照顧她，經常讓她來自己家吃飯過夜。

去年李華因公殉職，李向秋思念父親，整天躲在家裡不上課。這時又是孫芳出面，把自己上小學的孩子暫時交給公婆，搬進李向秋家裡，衣食住行照顧得無微不至。沒有孫芳的話，李向秋根本無法從父親去世的陰影中走出。

這些日子孫芳之所以還住在這，一是因為思念李向秋，再就是幫李家打理後事。

「如果你不相信我說的，可以去問別人。」韓青青嘆道：「秋荻的事別人未必知道，可是孫老師的事情，這個社區沒人不知道。」

「是我太蠢了。」穆方愧疚地低下了頭。

這樣一位了不起的老師，竟然會被他腦補成小三，如果有地洞的話，穆方真想一頭鑽下去。

羞愧的同時，穆方也陷入了迷茫。

信就算送到秋荻這樣的母親手上又能怎樣?如果韓青青所言是真，再結合昨天在桃李街看到的，秋荻根本就沒有做母親的資格。至少，她沒有做李向秋母親的資格。

現在的穆方，是真的有意放棄這次任務了。

穆方正躊躇間，韓立軍開門進了屋。「臭丫頭，我好像沒允許妳隨便帶人回家吧。」

「爸爸。」韓青青吐了吐舌頭。

韓立軍瞥了一眼穆方手上的照片，開口問道：「青青把秋荻的事告訴你了？」

「說了。」穆方點了點頭。

韓立軍道：「之前我不告訴你是有原因的。一個是死者為大，過去的事能不提就不要提，免得有什麼不好的影響。另外一個，秋荻現在也另組家庭，有了自己的孩子。如果你貿然去找她，可能會傷害到更多的人。」

「去他媽的傷害更多人！」心中正抑鬱的穆方爆發了：「那個賤人還有臉再生孩子？她有什麼資格擁有家庭？她是開心了，可李向秋怎麼辦？如果李向秋知道，她的母親是這樣的人，她會怎麼想？」

韓青青有些惱怒：「穆方，你這麼跟我爸說話幹嘛？」

韓立軍卻不在意地擺擺手：「你的心情我可以理解。我和李華從入警隊那天起就是朋友，一起受過傷，流過血。以前我和你一樣，曾經無數次想要去找秋荻理論，但都被勸住了。」

「李華勸你？」穆方憤憤。

韓立軍搖頭：「不，是孫芳。」

穆方一怔，下意識地看向對面大樓的窗子。

韓立軍嘆道：「孫芳是個了不起的女人。她那樣照顧李向秋，一開始家人不理解，沒少承受風言風語，但她都撐了過來。我剛跟你說的原因，都是一開始她告訴我的。」

「韓警官。」穆方轉頭看著韓立軍的眼睛，認真道：「說實話，我很佩服您和孫老師這樣的胸襟，但我做不到。秋荻嫁給什麼人，那是她的事，但就算她嫁給一個大慈善家，天天做好事，也不能抹掉她犯下的過錯。」

韓立軍搖頭：「你的想法有些偏頗。」

「知錯能改是一回事，逃避過錯是另外一回事。」穆方道：「我去找秋荻，只是想用自己的眼睛確認，看她是前者還是後者。」

「那你不用去確認了……」韓立軍一聲嘆息：「一年前李華離世，一個月前李向秋去世，秋荻都知情，但沒有到場。」

穆方沉默了老半天，猶豫地問道：「韓警官，假如李向秋今天還活著，知道生母健在，並像我一樣來找您打聽，您會怎麼做？」

「你給我出了一個無解的難題。」韓立軍苦笑道：「不管我說還是不說，對李向秋都是一種傷害。李向秋已經不在了，就不要考慮這種殘酷的事了吧。」

「如果人死後有『靈』呢？如果是李向秋的靈想要知道呢？」穆方堅持問道。

韓立軍怔了怔，嘆道：「天大地大，死者為大。我雖不信那些東西，但若是真的在天有靈，或許不該瞞著他們。」

「謝謝。」

穆方道聲謝，換了鞋，又向韓立軍微微欠身，而後轉身下樓離去。

望著穆方的背影，韓青青一臉疑惑。

她突然想起在石頭村發生的事，以及那些村民說過的話。隨著時間的推移，她越發覺得荒謬，可現在看到穆方，想法又有些改變了。

韓青青隱約覺得，穆方好像是真的在幫向秋辦事。

穆方走的時候沒有拿秋荻的照片，也沒詢問地址，現在那個對他已經不重要了，他現在迫切要見的人，是李向秋。

可當開啟靈目，見到李向秋那雙明亮的眼睛後，穆方又猶豫了。

韓立軍是事不關己所以說得輕鬆，真要讓他過來見到李向秋，怕是也張不開嘴。

李向秋似乎從穆方遲疑的神色中察覺到什麼，笑道：「我不著急呀，黑水市那麼大，找一個人很難的，實在找不到也沒關係。」

穆方訕笑著，有一搭沒一搭地跟李向秋聊天。

過了一會，李向秋又問道：「是遇到什麼難題了嗎？看你心不在焉的樣子。」

「其實……」穆方遲疑了下，話到嘴邊還是又生生咽了回去，轉而道：「我今天見到孫芳了。」

「孫老師一直對我很好，她現在一定很難過。」李向秋眼中閃過一抹溫情：「不過這樣也好，沒有我拖累，她總算可以照顧自己的家了。」

穆方忍不住道：「可上次我聽妳提起她，還以為她是很壞的人。」

「你怎麼會這麼想？」李向秋吃驚地睜大眼睛，好像聽到什麼不可思議的話一樣：「孫老師是個大好人，你不該用壞來形容她。」

穆方這個囧勁就別提了，嘟囔道：「是妳沒說清楚啊，幾句話就帶過了。而且小學老師，離我們也太遙遠了，我連小學老師叫什麼都忘了……」

「孫老師不一樣，她對每個學生都很好。」李向秋眼睛裡帶著濃濃的暖意：「她說過，她的學生都是她的孩子。我沒有媽媽，她就是我的媽媽……」

看著李向秋那溫情的眼神，穆方暗自嘆了口氣。

孫芳這樣的老師，一輩子碰上一個都是運氣。如果我是李向秋，恐怕死了之後最想見的人會是孫芳，而不是什麼秋荻。

呃？

穆方突然被自己的想法震了一下。

差點忘了，自己接任務時天道給的提示就有古怪，連收信人的名字都沒出現。難道尋找秋荻並不是李向秋的真正目的？

穆方沉思片刻，斟酌著對李向秋問道：「向秋，那天我說幫妳找媽媽的時候，妳心裡是怎麼想的？真的想見她嗎？」

李向秋抬頭看向穆方。

穆方一陣慌亂，掩飾道：「瞧我這嘴，又沒遮攔了。」

「其實我大概知道你想問什麼。」李向秋有些黯然地笑了下：「如果她還記著我，不會在同一個城市這麼多年，都沒有來看我一次。就算真的見到她，我都不知道自己該說些什麼。我最想見的，應該是孫老師吧，不過如果可能的話，我還是想見見那個人……」

看著眼前這個外表柔弱、內心堅強的女孩，穆方心中難以抑制地生出一股憐惜。

「既然妳有這個心理準備……」穆方咬了咬牙，狠心問道：「倘若結果是妳最不願見到的那種，妳還要堅持嗎？」

「為什麼不要？」李向秋灑脫一笑：「反正也沒什麼可以失去的了，我只想知道真相，哪怕是殘酷的……」

和李向秋分開後，穆方腦子昏昏沉沉的。李向秋灑脫背後的酸楚，穆方看得到，但不知道自己該怎麼做。

按理說，既然已經弄清了李向秋掙扎想見的人是誰，把口信送給孫芳就相當於完成任務了，至於秋荻怎麼樣，跟李向秋一點關係都沒有。

可是……

難道就這樣算了嗎？這種不負責任的母親……

心情異常鬱悶的穆方，突然想起了自己的媽媽。拿出手機，他遲疑一下，還是撥出了電話。

這個時候美國正是白天，可穆遠平和方淑珍因為想多賺點錢，經常上夜班，一般這個時候，他們都在休息。

穆方從來不在父母休息的時候打電話，但他現在迫切地需要一個指引。靈體方面的事情可以問老薛，可李向秋身上的遭遇，除了父母之外，穆方找不到更合適的人選。

「兒子啊，怎麼了嗎？」電話接通後，方淑珍疲憊而又擔心的聲音傳了出來。

「媽，打擾你們休息了吧……」聽著母親疲憊的聲音，穆方一陣心痛，言不由衷道：

「沒事，就是想妳和爸了，妳睡吧。」

「你爸沒事，睡得跟豬一樣。有事你就說吧，要不我也睡不好。」知子莫若母，方淑珍知道，如果穆方沒要緊的事，絕不會這個時候打電話。

「是這樣，我有一個同學，她爸爸去年過世了……」穆方把李向秋的情況簡單介紹了下，隱去靈體的事，最後說道：「我幫她找到了親生母親，可沒想到竟然是現在這樣……」

「那個賤人，配不上母親這個詞！」方淑珍暴怒道：「你把那女人電話告訴我，我罵死她，好好教她怎麼當一個真正的母親！」

「媽，您冷靜，冷靜……」穆方無奈，安撫了下剽悍的老娘：「想教訓那個女人有的是辦法，我現在最頭疼的，是不知道我同學那裡該怎麼辦。」

「還能怎麼辦？該怎麼辦就怎麼辦！」方淑珍道：「你那個同學是個堅強的女孩，既然她已經有了心理準備，你就該尊重她的選擇，讓她知道真相。至於那個狠毒的女人，就該天打雷劈，千刀萬剮。對了，你知不知道她家住哪？趁天黑砸玻璃，潑油漆！」

「那個……」穆方知道自家老娘向來剽悍，但沒想到這事竟然給她這麼大的刺激。

「您的意思我明白，只是這畢竟是人家的家事，我一個外人……」

「外人怎麼了？外人不是人啊！你說的孫老師也是外人，可不還是照顧你同學那麼多年嗎？」方淑珍打斷穆方，教訓道：「心裡怎麼想就怎麼做。自己問心無愧，還怕別人說閒話？記住，你就是你，你是我兒子，是穆方。」
穆方身子震了下，眼神漸漸堅定：「媽，我知道自己該怎麼做了。」
老媽說得對，但求問心無愧，管別人的想法幹嘛。
孫芳那麼好的榜樣擺在這，自己怎麼就看不到呢。
而在大洋彼岸的另外一端，放下電話的方淑珍也露出一抹微笑。
她太瞭解自己的兒子了。
穆方不是不知道怎麼做，而是需要一個支援。這個支持她當媽的不給，還有誰人能給？
經過老媽的點撥，穆方有了決定，但在沒有完全確認之前，穆方暫時不打算把知道的事都告訴李向秋。
而且穆方隱隱察覺到，韓立軍百般阻撓自己去找秋荻，似乎有別的隱情。
以韓立軍那個火爆脾氣，為了女兒的同學就敢穿便服單挑一群混混。如果秋荻真那麼混蛋，他會這麼理智？

和老媽通完電話後，穆方騎車到了李華所在的社區。

靈目一開，通曉陰陽。李華一見是穆方，下意識就要轉身離開。

穆方連忙叫道：「李警官，秋荻的事我已經知道了。」

李華止住步伐，回頭疑惑道：「你見到秋荻了？」

「沒，我是見到了韓立軍大隊長。」穆方道：「秋荻的事，都是他告訴我的。」

李華苦笑：「三界郵差果然神通廣大，竟然能讓韓立軍開口。」

「這個，跟郵差不郵差的沒關係，就是剛好聊到。」穆方沒打算跟李華詳細表述，幾語帶過。

李華也沒想深問，只道：「既然你已經知道了秋荻，還來找我有什麼事？」

穆方氣惱道：「真不知道你是怎麼做父親的，你就不關心關心你女兒嗎？她的信我可以不送，但你有沒有想過她的感受？」

李華表情黯然：「是我太莽撞了，不該在給她的信裡提起秋荻。」

「李向秋有知道真相的權利。」穆方道。

「不行！絕對不能跟她說！」李華斷然道：「被遺棄已經很殘酷，我不能讓她知道她生母是個嫌疑犯，而負責調查的人又偏偏是我。」

「什麼？」穆方一驚。

李華疑惑道：「韓立軍沒跟你說這件事？」

穆方咳嗽了下，掩飾道：「說得不詳細，你能再說一遍最好。」

穆方這點小伎倆頂多騙騙張蓉，瞞不過從警多年的李華。

「我不會再多說了。」李華嘆道：「你是送信給死人的郵差，活人世界的事，就由活人去做吧。」

軟磨硬泡了一會，李華都不為所動，穆方終於怒了。

「你怎樣都不說是不是？」穆方橫眉豎目問道。

李華不置可否。

「那好，我只做我分內的事。」穆方哼道：「我這就去找到秋荻，把她帶到李向秋那裡。」

「不行！」李華著急了：「你不是已經知道秋荻的事了嗎？為什麼還要這麼做？」

「我只是完成自己的任務。」穆方一副流氓樣：「除非你把詳情都告訴我，否則我就去……」

「你！」李華和流氓打交道的經驗不少，要是其他事還真不怕，可這事牽扯自己的女兒，他就堅持不了立場了。

李華斟酌再三，還是向穆方吐露了實情。

李華和秋荻離婚之後，二人幾乎斷絕往來，不知道彼此的近況，直到李華接手了一個案子，才意外得知秋荻的情況。

一家四口全部無故失蹤，疑似被人殺害，各種線索和蛛絲馬跡都指向一個叫張建立的人。現場有血跡，有凶器，可就是找不到屍體。在張建立堅持聲稱不知情的情況下，李華也不能貿然下定論。

李華在調查張建立的社會關係時，意外發現秋荻是他的妻子，而兩人結婚時間，恰恰是在失蹤案之後。種種跡象表明，如果張建立真的涉案，秋荻也難逃干係。

這個發現，讓李華本就進展緩慢的調查徹底陷入僵局，直至他出車禍去世，這件案子還在壓著。

李華敘述完畢之後，又是一聲嘆息：「不管秋荻是怎樣的人，我都不能讓向秋看著她的父親去逮捕母親，希望你理解我的苦衷。」

穆方沉默半晌，開口道：「李警官，我理解你的苦衷，但不能認同你的做法。」

「那還能怎麼做？」李華苦笑：「現在就算揭開真相，也無非是一個殘酷的現實。」

「你們只看到了殘酷，但我也看到溫情的一面。」穆方道：「說句不該說的話，李警官，您太小瞧您女兒了。」

李華眼中多了幾分警惕：「你要做什麼？」

「先去做你未完成的事，找出那失蹤的一家四口。」穆方道：「不管有什麼理由，都不能讓元凶逍遙法外。」

「如果你保證不牽扯向秋，我不反對。」李華遲疑道：「可那案子已經壓了好幾年，直到現在也找不到人。」

「你們找不到，不代表我找不到。」穆方點了點自己的眼睛：「如果那一家人真的已經遇害，你只要把案發地告訴我就行。」

凶案形成的靈如果滯留世間，多半會待在原地，而不管靈體身在何處，都會知道自己的肉身在哪。

不過，穆方要介入這案子的原因，並非是為了伸張正義，而是按照老媽說的，要給秋荻一個教訓。

無關於道德的審判，也無關於對李向秋的同情。

這是我的執念，我是穆方。

07

最毒婦人心

按照李華提供的疑似凶案地址，穆方沒費什麼勁就找到了那一家人。

這倒不是李華提供的情報有多詳細，而是那一家人太醒目了。

那是一片已經荒廢的果園，靈目一開，在一棵早已枯萎的果樹下，擺放著一張四平八穩的八仙桌，四個笑容滿面的怨靈，正圍著桌子打麻將。

吳華明：十四年怨靈，男，中毒，卒年五十三歲。

付美麗：十四年怨靈，女，中毒，卒年五十二歲。

吳家豪：十四年怨靈，男，中毒，卒年二十七歲。

王慧茹：十四年怨靈，女，中毒，卒年二十五歲。

確認眼前這幾個怨靈，就是李華說的那一家四口，穆方還是不敢相信自己的眼睛。人被殺後，要麼怨氣纏身成為怨靈，要麼急於追凶導致魂魄缺失成為遊魂，要是遇上一些特殊情況或某種機緣，也有可能成為惡靈。

穆方本來都做好充足的心理準備，隨時準備跑路，可眼前這幾位，確實是怨靈，但未免太和平了吧。怨氣看不到多少，還這麼其樂融融地打麻將。看樣子，這麻將打了十多年都還沒盡興。

「幾位，能打攪一下嗎？」

無語歸無語，但事還是得辦，穆方走上前打了個招呼。

「不許動！」付美麗一聲大吼。

穆方嚇得一激靈，差點轉身逃跑。

「慧茹，妳又放炮了！」付美麗大笑著推倒牌面：「胡了，一色三步高，十六臺呀，哈哈哈！」

王慧茹嬌嗔：「媽，我都被您胡兩年了，您就不能讓我一次嘛。」

吳家豪一撇嘴：「妳還有臉說，我被妳胡了七年，妳讓過我一次嗎？」

吳華明哼了一聲：「你們要是真的有心，就不能讓讓我嗎？這十多年，我胡牌的次數都不超過十次。」

公公婆婆、兒子兒媳，一家四口其樂融融，穆方在一旁看著，已經徹底痴呆了。

別人打麻將都說打幾圈，這家人卻是以年計算。吳華明更不愧是一家之主，十多年沒贏過幾次，還一點都不膩。

「幾位，幾位……」穆方提高嗓門：「能打擾一下幾位的雅興嗎？」

吳家四口轉過頭來看了穆方一眼，又都把頭轉了回去。

「我們不缺人。」吳華明眼皮都沒抬。

付美麗伸了個懶腰：「小夥子別急，再打兩年我讓你打幾把。」

「不用不用，您的好意我心領了。」穆方咳嗽了下，直截了當道：「我過來，只是想了解一下幾位的肉身在哪。」

穆方原本是想循序漸進，打算讓這家人宣洩下怨氣，不過現在一看，純粹是自己多慮了。

吳家豪不耐煩道：「死都死了，還要肉身做什麼？」

「幾位都是被人所害，找到你們的肉身，便可讓元凶伏法。」穆方怕這一家人只是表面灑脫，說話小心翼翼。

可這家人的反應，再次讓穆方意外了。

「不就是張建立那小子嗎，無所謂了。」吳華明大大咧咧道：「頭兩年是挺恨他的，但現在我們倒是感激他了。」

「啊？」穆方忍不住問道：「為什麼？」

付美麗嘮叨道：「我們一家人都沒什麼親戚，家豪他們也沒孩子，無牽無掛的。我們活著的時候都各忙各的，一家人連頓團圓飯都沒吃幾次，死了反而好，大家都在一起了。」

吳華明夫婦的話很樸實，但讓穆方很受觸動。沉默了一會，他又問道：「那你們就甘心讓張建立逍遙法外？你們身為怨靈，還是有些怨氣的吧。」

吳家豪搔搔腦袋：「怨氣是個醜男害的，跟張建立沒關係。」

付美麗叫道：「喂喂，人家很帥的好不好，哪裡醜了。」

「一個男的長得那麼妖異，就是醜男。」吳家豪嘟囔了一句，但被付美麗一瞪，立刻就不說了。

「長相妖異的男人？」穆方一怔，之前劉豔紅似乎也提過類似的人。

穆方半開玩笑道：「那個男人，不會給了你們一個玉片吧？」

「你怎麼知道？」吳家豪奇怪。

這下輪到穆方傻了：「真的有？」

付美麗低頭翻了翻桌子底下，撿起個東西丟給穆方：「一直扔在這，你要就拿走，別妨礙我們打牌。」

穆方接過一看，果然是色澤很相近的玉片。他拿出自己佩戴的玉片比了比，一片華光之後，兩片竟然合成了一片。

這東西真是奇妙。

穆方把玉片收起，沉默了好一陣才開口問道：「那個人，有沒有蠱惑你們去殺人？」

吳家四口人的動作稍微停頓了下。

吳華明開口道：「我們幾個身死之前，那個男人來這裡買過水果，給了我們那個玉片。他說只要拿著玉片，就算被人殺死，也有機會報仇雪恨。而他還說，只要殺的人夠多，就能行走天下，就算仇人躲在天涯海角，也能去找對方。」

付美麗也有些感慨：「當時以為那傢伙是神經病，沒想到後來還真被他說中了。」

「爸，媽，你們又提這件事幹嘛？」吳家豪有些不高興道：「我們都是奉公守法的人，哪能去害別人。而且如果不是那混蛋說那些話，我們死後也不會亂想，以至於變成怨靈。」

「行啦行啦，打牌打牌。」王慧茹打了圓場。

又是給玉片聚攏靈力，蠱惑別人死後殺人……那個妖異男到底想要幹什麼？做這種唯恐天下不亂的事，倒跟九靈簒命圖的主人真像，都是該千刀萬剮的禍害。

穆方暗自咬了咬牙，開口問道：「那人後來去哪了，長什麼樣子？你們能描述下嗎？」

「不知道。」四人異口同聲。

見這四口人越來越不耐煩，明顯不想再提舊事，穆方只好又把話題轉回：「那我們再說說張建立……」

「哎，我說你真夠煩的。」吳家豪不耐煩道：「那小子向我們借錢，還不起才下毒手。當初我們也挺看重這個，死了之後才知道錢都是身外之物，不如一家人在一起來得快樂。」

王慧茹也道：「張建立這輩子只在乎錢，總有天會後悔的。」

「不是不報，時候未到，你們這麼想也沒錯。」穆方勸道：「可眼下就有讓張建立倒楣的機會，難道要白白放棄嗎？早一日讓他伏法，和幾位享受家庭生活，這也不衝突嘛。」

穆方嘴上勸著，心裡鬱悶。真是皇帝不急急死太監。最後在穆方的苦口婆心之下，吳家人好像是因為嫌煩，才終於告知了他們肉身的所在地。而且這十多年，地點都沒改變過。

穆方忙了大半夜，回去後一直睡到日上三竿才起來。除了記錯的開學日，穆方過年後可說是持續曠課，比以前還囂張。不過眼下他根本沒心思去想學校的事，第二天起來後隨便吃了一口早飯，就騎機車出了門。

吳家人說埋著他們肉身的地方在黑水市西面，一棟別墅院落中的小花圃下，隔牆能看到一根黑黑的大旗桿。花圃沒人澆水，反而經常有人倒廚餘。

在黑水市西面沒有單獨的別墅區，符合這種描述的地方只有一個：幸福里社區。

幸福里社區是東元集團涉足房地產後開發的第一個建案，主打奢華風格，分住宅區和別墅區。雖然已經建成十幾年了，但現在依然是黑水市著名的富人社區之一。

與新興的富人社區相比，這裡的保全系統相對較弱。穆方在警衛室隨便簽了個名字，就順利進入了。

因為過去了十多年，再加上維修不善，別墅區已不復當年的豪華。真正的權貴早已搬離，還住在這裡的多是一些暴發戶。

「旗桿旗桿旗桿……黑黑的大旗桿……」

穆方碎碎念著，尋找符合吳家人描述的地方。找來找去，確定了三個可疑地點，都十分鄰近。能從花圃看到旗桿的地方，只有這三個。

為了避免引起住戶的誤會，穆方特地在遠處停好機車，站到車座上踮腳觀察。

「倒了廚餘，花肯定是不容易活的，這三家的花都枯萎了，都有嫌疑啊……嗯，不對，冬天好像不太愛開花……這下麻煩了，到底是在哪家呢？」

穆方在那撫著下巴思考，絲毫沒注意有人走到他身後。

「你在找什麼？」一個女聲問。

「屍體。」穆方下意識地答完一回頭，就看到了一張鐵青的臉。

「是你？」

是在桃李街碰到的那個開車亂闖的貂皮女人，臭小鬼的媽，疑似秋荻的女人。

和上次一樣，疑似秋荻的女人還是穿著貂皮外套，不過是另外一款。

女人也有些疑惑：「看你有點面熟，我們見過？」

「我這人大眾臉。」穆方打了個哈哈：「妳有什麼事嗎？」

「我還想問你有什麼事呢？」女人氣呼呼道：「你在我家牆外站半天了，到底想幹嘛？」

「這個……」穆方咳嗽了下：「我沒見過別墅，看看別墅裡的風景。」

「看風景你就隨便往人家家裡看啊，經過允許了嗎？」女人更氣了，怒罵道：「馬上給我滾，否則我叫警衛了！」

穆方撇撇嘴：「我又沒看妳家，對面妳親戚啊？」

「那也不行！」女人扯著嗓子大喊：「警衛，警衛……」

穆方鼓勵：「聲音不夠大，努力。」

女人氣結：「小混蛋！」

穆方一臉詫異：「妳敢罵警衛？」

這個時候人們多出去上班，別墅區相當安靜，兩人這麼一吵驚動了不少人，穆方觀察的那三家也都有人出來。

很多人出來就是看熱鬧，可有人卻看不下去了。

「是你！」

好一個女高音。

穆方轉頭看去，不由得笑了。

今天也太巧了。

只見另一個中年女人大步走了過來，正是張蓉的母親呂紅。

看到呂紅，穆方突然恍惚了一下。

秋荻改嫁的人，毒害吳家四口的元凶叫張建立。如果沒記錯的話，呂紅的老公，張蓉的老爸好像叫張建國。

張建國、張建立，不會真那麼巧吧？

仔細想想，昨天在警局裡韓立軍的表現，對張建國夫婦的包容度可謂超強，難不成就是因為……

穆方轉向先前那個貂皮女人，意味深長地看了一眼。

還真是一家人啊，潑婦一家親。

「小兔崽子，你真敢來啊？」呂紅看到穆方，那火氣可不是一點半點。

昨天在警局本來馬上就掌握主導權了，可被這小子一恐嚇，自己和丈夫兩個大人竟然就被唬住了。回去後冷靜下來才想明白，那麼多警察在場，這小子就算真有那心也不會有那膽。一定是那些臭警察設的計策，一定是的。

呂紅氣得沒睡好覺，不是罵女兒不爭氣就是罵丈夫無能，要是像小叔張建立那樣有本事，自己何苦受這個窩囊氣。

貂皮女人意外地看了呂紅一眼：「大嫂，妳認識他？」

看到貂皮女人，呂紅又是一陣鬱悶。

不過是個再婚的，竟然有福氣嫁給張建立。看看人家皮草一天換一件，自己隨便買件衣服丈夫都得黑臉，而且現在住的這間別墅，還是人家張建立折價賣的舊宅。都是女人，自己怎麼就沒這個命。

心中苦澀了一陣，呂紅指著穆方罵道：「就是這臭小子，昨天在警局汙言穢語，讓我和建國在韓立軍面前丟光了臉。」

貂皮女人臉色一變，問道：「大嫂，妳和大哥去警局做什麼？」

「還不是蓉蓉那個讓人操心的孩子！」呂紅氣惱道：「在學校跟韓立軍的女兒起衝突，吃了虧不甘心，就找了人幫她報仇……對，還有這小子，不知道怎麼鬧的，蓉蓉和這小子都被人綁了……」

「大嫂，我是問你們去警局做什麼？」貂皮女人更急了，完全把穆方忘在腦後。

呂紅解釋道：「後來他們被警局的人救了，我和建國得到消息，立刻心急火燎地去接人……」

穆方插嘴道：「你們才不是去接人呢。接人的話簽個字做個記錄就走了，你們呢？在那邊大吵大鬧的。」

「放屁！」呂紅大怒：「你們冤枉蓉蓉和流氓勾搭，我當然要據理力爭，那叫鬧嗎？」

穆方不屑道：「是啊，別人鬧也就是在門口拍拍桌子，你們直接闖到韓警官的辦公室，只差直接踩上桌子了。」

「你放屁！」呂紅氣得大罵。

「說起這件事，妳還得感謝我呢。要不是我機智地把你們勸走，韓警官非把你們抓起來調查祖宗三代不可。另外……」穆方作扇風狀：「求妳別再放了，我都快被毒死了。」

「你！」

呂紅正待發作，一旁的貂皮女人突然爆發了。

「大嫂！」貂皮女人怒道：「建立說過什麼都忘了嗎？別跟警察牽扯，別去招惹韓立軍，你們怎麼就不聽呢？竟然還跑到人家辦公室鬧！」

呂紅正在氣頭上，一聽貂皮女人的話頓時難忍怒意。

「嘿，這真有意思了，我是聽到妳和這小混蛋吵架才出來的，妳現在不跟我一致對外也就罷了，怎麼反倒還找我麻煩？」

貂皮女人看了一眼穆方，強壓怒火低聲道：「妳忘了十四年前了嗎？」

「怎麼能忘呢？」呂紅依然沒認清形勢，嘲諷道：「十四年前妳還是個被人掃地出門的破鞋，如果不是建立收留妳，現在恐怕還在街上賣呢。」

「妳這混蛋！」貂皮女人氣瘋了。

不過這倒不是因為被罵破鞋什麼的，她是氣呂紅現在竟然還傻傻地分不清敵我。

「不可理喻！」貂皮女人怕言多語失，罵了一句甩袖而去。

貂皮女人一走，呂紅彷彿也想起了什麼，臉色變了變。

穆方原以為呂紅是完全不知情，但現在看她的樣子，也不是一點都不知道。至少，應該是知道張建立有殺人嫌疑。

「怎麼了？妳臉色不太好。」穆方笑問。

「要你管……」呂紅再度開罵：「我告訴你，別以為年紀小就能胡作非為。你爸媽不過是兩個窮鬼，你憑什麼在我這囂張！到時我找律師告你，告到你們家傾家蕩產。」

「妳查我？」穆方眼睛瞇了下。

「你能找到這，我怎麼就不能查你？警察局可不是只有個韓立軍，我認識的人比你多。」呂紅神色得意：「告訴你，這件事沒這麼簡單就結束，以後有你受的……」

「有一點我能肯定，讓妳受不了的事很快就有了。」穆方瞥了一眼呂紅家裡的花圃。

「滾！再不滾，我就叫警衛了。」呂紅明顯是誤解了穆方話裡隱含的意思，虛張聲勢地威脅了一句，轉身返回院子，重重關上了門。

穆方跳腳大罵：「誰怕誰啊，妳叫警衛，我叫警察。我這就打給韓警官，讓他對你們的住宅進行搜查，掘地三尺……」

正罵著，身後門響，貂皮女人又走了出來。

貂皮女人快步走到穆方身旁，道：「別吵了，警衛來了你就知道。」

「關妳什麼事。」穆方裝模作樣拿出手機：「我現在就打電話給韓警官。」

「別……」貂皮女人急忙喝止穆方，又咳嗽掩飾了下：「你來我家，我有話跟你說。」

「幹嘛？有什麼話直接在這說。」穆方一副跩個二五八萬的模樣。

「還是進來吧。」貂皮女人補充道：「我老公不在。」

咚，穆方直接從機車上摔了下去。

正如穆方所想，貂皮女人正是秋荻。

她早就看到穆方在別墅區亂轉，原本沒當回事，但正要出門的時候，卻發現穆方盯著對面的別墅看，心中就有些警惕了。

她過去問找什麼，穆方回答屍體，秋荻臉色鐵青不是因為生氣，而是被嚇的。後來呂紅出來，扯出了警察和韓立軍，秋荻就更怕了。但理智告訴她，穆方絕不可能是警察。正想回去冷靜下，穆方突然喊什麼找韓立軍過來掘地三尺，她立刻無法淡定了。

秋荻把穆方引入房間，進入臥室……

旁邊的客廳。

見秋荻給自己倒了一杯茶水，坐到側邊的沙發上，穆方鬆了一口氣。要是真被李向秋的媽媽色誘，穆方百分百會落荒而逃。

秋荻看著穆方，問道：「是韓立軍讓你來的？」

「不是。」穆方深深看了秋荻一眼：「是李向秋讓我來的。」

秋荻身子劇烈地一抖，沉默了好一會，才開口問道：「你是她的同學？」

穆方沒回答，反問道：「妳是她的媽媽？」

秋荻臉色又變了數變，低頭沉默不語。

半杯茶水喝完，秋荻還是沒說話。瞧了瞧秋荻，穆方問：「我只問妳一句話，妳還當不當李向秋是妳的女兒？」

「我……」秋荻垂著頭，吞吞吐吐。

「我知道答案了。」穆方放下茶杯。

「等等。」秋荻一把抓住穆方的手臂，急聲道：「告訴我，你今天到底來做什麼？」

穆方隨意道：「我意外發現點線索，是個滅門案子的。」

「吳家的事和我沒關係。」秋荻急了：「都是張建立做的。」

「我好像沒提吳家吧。」穆方似笑非笑。

「你在外面說的那些我都聽到了。」秋荻臉色又難看了幾分，低著頭道：「吳家人的案子，警方早就掌握了不少證據，只差沒有屍體。如果你真的發現什麼，張建立逍遙的日子也就到頭了。」

「妳這些該去和警方說，在這套我的話沒意思。」穆方不置可否。

「那你能不能告訴我，你是怎麼找到這的？」秋荻抬起頭：「應該不是韓立軍吧？如果是他的話，一定早就直接帶人來搜了。」

「很重要嗎？」穆方反問。

「我無所謂，但彬彬是無辜的。」秋荻用近乎哀求的口吻道：「事情都過去那麼多年了，我求你放我們一馬。如果建立被抓，我也躲不了，彬彬到時候就成孤兒了。」

「妳這麼關心妳的兒子？」穆方嘆了口氣：「如果妳拿出一半的心思關注李向秋，怕是她做夢都會笑醒。」

「我知道對不起向秋，可她現在已經不在了。」秋荻繼續懇求道：「我之前沒有盡到向秋母親的責任，不能在彬彬身上犯重複的錯。我知道，你只是個孩子，這些事你也做不了主，你只要把背後的人告訴我，我去跟他談……」

「沒有背後的人，只有我。」穆方有些煩躁地斥道：「如果妳真的有心悔改，哪怕去給李向秋上炷香，也好過在我面前說這些冠冕堂皇的話。」

秋荻皺眉看了看穆方，不信地說道：「連警方都不知道的事，你怎麼會知道？你背後究竟是誰？」

看著急切的秋荻，穆方越發失望。

穆方故意大吵大鬧，是為了確認吳家四口的肉身所在，而秋荻跑出來兩次，相當於印證了穆方的猜測。

他之所以願意跟秋荻進來，是想給秋荻最後一個機會。

只要秋荻還念及與李向秋的半分母女之情，穆方或許都會放她一馬，只可惜秋荻的反應……

「信不信隨妳，我的背後沒有人。」穆方站起身：「如果妳真為孩子考慮，就去自首吧。」

「真沒別人？」秋荻眼睛閃了閃。

「我的背後沒人，只有天。」穆方丟下一句正待離開，突然感覺腦袋一陣眩暈，一屁股坐回沙發上。

「背後有天？是天真吧。」秋荻臉上再也不見急切，好像瞬間換了一個人，盡是嘲諷的笑意。「不過考慮到你的年紀，倒也不奇怪。」

穆方想強撐著坐起來，可手腳卻沒有一點力氣。

「不用白費力氣了。」秋荻晃了晃茶杯，道：「這個藥不會影響神智，也不會危及生命，只會麻痺肌肉神經。」

「還真是專業。」穆方苦笑：「當初害死吳家四口，是妳配的藥吧。」

「藥是建立給的，不過有個道理是我教給他的。」秋荻幽幽道：「只要沒有證據，懷疑就永遠是懷疑。現在吳家的事已經過了十多年，再熬幾年就過追訴期了。這個關鍵時刻，可不能壞在你這毛頭小子手上。」

穆方抬了下眼皮：「要是把我幹掉，追訴期又得從頭算了。」

「你和吳家人不一樣，沒人知道你。」秋荻在穆方身上摸了摸，找到了穆方的學生證。

她一邊翻看，一邊笑呵呵道：「你以為我剛才跟你廢話是為了什麼？還不是為了確認你背後沒其他人搞鬼。現在看來，你就是一個自以為是、想法天真的蠢蛋。你知道黑水市每天有多少失蹤人口嗎？不差你一個。」

「這教訓是挺慘痛的。」穆方發現自己不光犯了大意輕敵的錯誤，對秋荻的判斷更是錯得不止一點半點。

女人的細膩，再加上不弱於男人的狠辣，秋荻堪稱毒婦。看來秋荻和李華在一起那幾年，好的沒學到，光學怎麼對付警察了。李華真是腦袋被門夾了才娶她，李向秋有這種媽更是倒了八輩子楣。

秋荻把穆方捆起來，用膠帶封嘴，然後打電話給張建立。她將事情大概說了下，電話另外一邊沉默了一會，只回了兩句話。

「看看外面有沒有人盯梢。」

「找個麻袋把那小子裝進去，等會兒我讓人去取。」

秋荻不知道是不是故意，電話用擴音，穆方聽得清清楚楚。

聽到那兩句話，穆方心頓時又涼了半截。

話雖然簡單，但其中含意可不少。那個張建立還真是有一套，比秋荻還乾脆，問都不問，直接將人裝麻袋裡帶走，明擺著要殺人滅口啊。

面對劉豔紅的時候，穆方都沒有過死亡的危機感，但現在面對兩個普通人，他卻覺得這次很可能要掛了。

過了大概半個多鐘頭，被套在麻袋裡的穆方隱約聽到有人進了屋。

「秋姐。」是個年輕人的聲音，略帶幾分嘶啞。

「就是這個。」秋荻踢了踢套著麻袋的穆方，道：「出去的時候注意點，別被人看到。」

「秋姐，這是個人？」那聲音似乎有些猶豫：「張哥只讓我來拿貨，沒說是人啊。」

秋荻不耐煩道：「管那麼多幹嘛，這些年我們夫妻虧欠過你？」

「秋姐，我不是那意思。張哥對我有恩，做什麼事我都不會皺眉頭。」那個聲音堅持道：「但有一點，我不能稀里糊塗，得知道是怎麼回事。」

「你這人真是囉嗦。」秋荻耐著性子道：「就是一個小癟三，抓到了建立的把柄想要敲詐……」

穆方在麻袋裡靜靜地聽著秋荻和那人對話，心中暗自奇怪。

這個聲音好熟。

08

凶眸現

幾分鐘後，穆方被人丟上一輛小貨車，又經過一個多小時的顛簸，到了一處僻靜所在。

穆方不甘心坐以待斃，被丟到地上後就用力掙扎。這個時候藥勁已經過了，但繩子捆得很結實。

「兄弟，省省吧。」只聽外面有人嘆息道：「你惹誰不好，偏偏去惹張建立那個心狠手辣的傢伙。下輩子好好做人，每年我會給你上香的。」

上你老師的香！被封著嘴的穆方在心中大罵。

你就祈禱最好別讓老子成功逃跑，否則非去買一大捆香，回來把你全身的洞都插滿……

「不過呢，你要是跟我說說你拿到了什麼把柄，或許我可以放你一馬。要不然的話，我就只能挖坑把你埋在這了。」那人慢條斯理道：「要是你沒意見，就點點頭。」

雖然摸不清那人的目的，但本著好漢不吃眼前虧的原則，穆方用力點了點頭。

那人也不囉嗦，直接把麻袋口解開。

「是你？」

穆方瞇眼適應了下光線，看清那人之後十分訝異。

賀青山。

賀青山連忙把穆方嘴上的膠帶扯下，滿臉疑惑。

穆方反問：「你記得我？」

「我記得每一個我見過的人，哪怕只有一面。」賀青山略有幾分自傲。

穆方撇撇嘴：「當警察時練出來的？」

賀青山表情一僵，冷著臉道：「說吧，你怎麼會惹到張建立？」

「山哥，您別唬我了，韓警官都跟我說了。」穆方一本正經道：「雖然您現在是個混混，但也是個有良心的混混。」

賀青山忍俊不禁：「我知道了，你是師父的線人吧。膽子倒是不小，難怪找你當線人。」

見賀青山誤會，穆方也沒揭穿，調侃道：「韓警官跟我說了不少，但可沒說您業務這麼廣，還能殺人滅口。」

賀青山臉色糾結了下，無奈道：「說實話吧，我這些年一直在跟張建立來往，專弄一些市面上不能賣的東西。雖然違法，但沒害過人。他今天只是讓我把你帶這來，我還奇怪是什麼事呢。」

「就這麼簡單？」穆方不信地看著賀青山。

「還能多複雜？」賀青山瞪眼。

穆方問道：「李華你認識嗎？」

「聽說過。」賀青山回憶了下：「是分局的，和師父很熟，不過聽說去年車禍死了。」

穆方再度問道：「秋荻是李華的前妻，你知道嗎？」

「啊？」賀青山錯愕道：「有這種事？」

見賀青山像是真的不知情，穆方撇嘴道：「虧你以前還是做警察的，竟然連這些都不知道啊。」

賀青山不悅道：「你到底想說什麼？」

穆方嘿嘿笑了笑，言語有些遲疑。

因為韓青青和韓立軍的關係，穆方對賀青山一直抱有幾分好感，只是僅憑這些，並不能讓穆方完全信任他。而且賀青山自己也說了，這些年一直與張建立合作，萬一他們兩個狼狽為奸，自己不是死定了。

見穆方不說話，賀青山似乎也明白，笑道：「怎麼，你不信任我？」

「怎麼會呢。」穆方言不由衷，轉移話題道：「對了，你剛才說你欠張建立人情？只是因為做生意嗎？」

賀青山嘆了口氣：「你和我師父熟識，他沒說？」

「你以前是警察，後來因為一點屁事坐了兩年牢。」穆方意簡言賅。

賀青山一聲苦笑，回憶道：「當年我做警察的時間雖然不長，但也親手送進去不少人，再加上我的特殊身分，在牢裡的日子可不輕鬆……」

「噢。」穆方恍然大悟，目光不禁看向賀青山的屁股，感慨道：「原來電視上演的不全是假的啊。」

「靠，你眼睛亂看什麼。」賀青山哪裡不知道穆方目光的含意，額頭青筋頓時一陣狂跳：「我是想說，當年張建立正好也在裡面，不是他罩著的話，我肯定被打死了。出來之後張建立也幫了我不少，一直拉著我做生意，我才沒喝西北風，他算是我的恩人。」

「不用說那麼多，我都懂。」穆方一臉的理解，眼神中充滿了憐憫和猥瑣。

「你懂個屁。」賀青山氣結，把穆方繩子解開，罵道：「在我揍你之前，趕緊滾蛋。」

穆方活動了下發麻的手臂，問道：「你把我放了，之後怎麼向張建立交代？」

「沒事，我和張哥關係很好。」賀青山無所謂道：「雖然不知道你因為什麼惹到了他，但我的面子他應該會給。」

「難說，你不一定有那麼大的能耐。」穆方猶豫了下，試探性地問道：「你知不知道十四年前的滅門案？和張建立有關的。」

「知道，一家四口失蹤，張建立是嫌疑人。」賀青山神情一怔，意味深長地看了穆方一眼：「難道你是找到當年那案子的線索了？」

穆方反問：「如果我說是，你會不會替他殺人滅口？」

「不會。」賀青山遲疑了下，道：「但我也不能讓你送他去坐牢。」

「那你打算怎麼辦？」穆方眼裡多了幾分警惕。

賀青山沉默了一會，道：「你先走吧，等會張建立來了你就走不掉了。」

正在這時，莫名的警兆突然湧上穆方心頭。

穆方眼神一變，幾乎是本能地抬腳將賀青山踹到一旁。

嗖的一聲，一道烏芒閃過，噗地釘到地面上。

一枝弩箭。

穆賀二人一起轉頭望去，只見不遠處多出一個壯碩的中年男人。

中年男人穿著價格不菲的大衣，夾著公事包，如果手上沒拿著鋼弩，看上去就完全是一副成功人士的樣子。

「張哥。」賀青山臉色不太好看。

是張建立。

張建立沒有理會賀青山，一對陰霾的眸子直直盯著穆方。

「年紀不大，膽子倒是不小。跟我過不去的人很多，但除了警察之外，還沒有像你這樣咬著不放的。」

在見到吳家四口之前，穆方對張建立這個人根本毫無感覺，就算張建立是個殺人惡魔，也是警察的事，與他這個郵差沒什麼關係。可在見到吳家四口之後，穆方的想法就有所改變了。

吳家四個麻將狂挺讓人無語，但也有幾分讓人感動，不幫幫這可愛的一家人，穆方都覺得過意不去。

所以，穆方決定向張建立好好解釋一下。

「你錯了。」穆方認真地解釋道：「我只對你老婆感興趣，沒想跟你過不去。」

賀青山一個趔趄，張建立的臉也是一陣抽搐。

「小朋友，你真不怕死？」張建立作勢對穆方抬起鋼弩。

「張哥，手下留情！」賀青山一個箭步搶到穆方身前：「他只是個孩子。」

「賀青山，又想賣弄你那可笑的正義感？」張建立晃動著鋼弩：「對別人也就罷了，可在我面前還玩這套，你覺得有用嗎？」

看著張建立陰沉的臉，賀青山的臉色越發難看。

張建立與賀青山不同，在黑水市不顯山不露水的，但賀青山清楚，他比真正的黑道難纏得多。

張建立年輕時因為重傷害罪被通緝，出國混了好些年，事情過去後就回來做生意，一直獨來獨往，手段極端。

只要有人和他競爭，他是真敢下死手。

張建立是亡命之徒，但也有腦子，生意都是小打小鬧，從來不做大，更不會去碰觸那些真正的實力人士。

在黑水市，不如他的人不用說，比他強的人又不想招惹這個瘋子，總之但凡知道張建立的人，無不對他退讓三分。

根據對張建立的瞭解，賀青山知道，今天這關怕是不好過了。

穆方沒賀青山那麼瞭解張建立，但那凶狠的眼神也不難讀懂。

就算是當初面對惡靈狀態下的劉豔紅，穆方也沒感受過張建立這麼強烈的殺意。

這個人，很危險！

「張哥。」賀青山斟酌了下，開口道：「這傢伙叫穆方，我認識。我不知道他因為什麼觸怒了張哥，但希望您能看在我的面子上放他一馬。」

張建立冷笑了下：「剛才你們的對話我都聽到了，這傢伙有句話說得很好，你賀青山沒那麼大能耐。以你的頭腦，會猜不出這小子抓到了我什麼把柄？」

賀青山強笑：「張哥，我真的不知道。」

「好，你不知道，我告訴你。」張建立淡淡道：「十四年前，吳華明一家四口失蹤，凶手確實是我。當年我犯了個錯誤，沒有把屍體徹底處理掉，現在，該彌補那個錯誤了……」

賀青山的心一下就沉了下去。

張建立主動攤牌可不是好事，他是真的要殺人。

賀青山沉著臉道：「張哥，我以前做過警察，那件案子我也知道。都過去十多年了，就算找到屍體，沒其他證據也定不了你的罪。」

「其他證據？呵呵，其他證據可是不少呢。」

張建立恨恨道：「李華那個王八蛋這十多年都沒閒著，處處盯著我，要不然你以為我為什麼會娶秋荻？還不是為了對付那個臭條子！去年那個臭條子好不容易死了，可舒服日子沒過幾天，這個小王八蛋又跑了出來！」

張建立越說越怒，臉色漲得通紅。

他娶秋荻有一半是為了那件案子，但諷刺的是，也正是因為秋荻，才被穆方這個瘟神給盯上。這種事誰碰上，心裡都會不爽。

「張哥，這裡面一定有誤會。」見張建立的情緒越發狂躁，賀青山也更加緊張，連忙繼續勸道：「就算有證據也不是問題，如果您相信我……」

「我不相信你。」張建立打斷了賀青山的話，嘲諷道：「你以為我這些年為什麼養著你？信任？告訴你，如果不是因為你是韓立軍的徒弟，出貨比其他人安全，大街上隨便找條狗都比你好用。」

「你……」賀青山咬了咬牙，把到嘴邊的髒話又咽了回去，改口道：「張建立，不管你是什麼目的，我賀青山都欠你的人情，這個我認。可這孩子是無辜的，你放了他，吳家的命案我替你背。」

「哈哈哈哈！」張建立放聲大笑：「賀青山，你當我三歲小孩？吳家人死了十四年，那時候你還沒這小子大，你怎麼背？」

「孩子也會殺人，關鍵看怎麼圓過去。」賀青山道：「這種陳年老案子，很多證據都會失效，要作假並不難。」

「是嗎？」張建立瞇起眼，似乎在思考。

賀青山見張建立有點心動，微微鬆了口氣。當他轉頭看向穆方，正要說點什麼的時候，異變突生。

「嗖——」

破空聲響，一枝精鋼弩箭，深深刺入了賀青山的手臂。

賀青山悶哼了一聲，半跪下去。

「山哥！」穆方一驚，連忙扶住賀青山。

張建立晃著弩箭，悠悠道：「賀青山，吳家的事不用你操心。既然你想幫我頂罪，就把這小子的命案背上好了。黑水市著名黑道賀青山，殺人之後畏罪潛逃，不知所蹤……這個劇本，你看怎麼樣？」

賀青山牙齒咬得咯咯響：「張建立，你讓我帶穆方過來，我看是一開始就存了這個心思吧？」

「現在知道太晚了。」張建立舉起鋼弩。

賀青山面不改色，身子甚至還往前了半步。

「你受傷了就去休息，這老王八交給我。」賀青山相當於為自己受了一箭，穆方心裡過意不去，昂首挺胸地站了出去。

張建立意外地看了穆方一眼。

這小子年紀不大，骨頭還挺硬。

「張建立，欺負小孩算什麼本事！」賀青山站起身，目光灼灼。

「我和你打……」

話音未落，賀青山身子晃了三晃，撲通一下栽倒在地。

弩箭上有麻藥。

「賀青山，你的身手的確不錯，我這個年紀還真不是對手，只是可惜，現在這年頭要靠這裡。」張建立大笑，點了點腦袋。

穆方剛想往前衝，張建立把弩箭猛地調轉過來。

「小鬼，你想做什麼？」張建立輕笑。

看著倒在地上的賀青山，盯著那寒光閃爍的弩箭，穆方的心沉到了谷底。

先是被秋荻算計，現在又碰上張建立這個惡人。

可惡啊！我可不想讓師父送信給我，老子還沒賺夠錢呢！

穆方目眥欲裂。

「小朋友，再見了。」張建立輕輕扣動扳機。

「嗖！」一道寒光直奔穆方面部而來。

可惡啊！

一陣輕風飄過，張建立射出去的弩箭和穆方，同時消失不見。

張建立微微一愣，還沒明白怎麼回事，脖子上忽然傳來一陣冰冷。

「別動。」

張建立微微側頭，眼中盡是一片驚愕。

不知道何時，穆方已經氣喘吁吁地站到了張建立身後，頂在他脖子上的，正是早先釘到地上的那枝弩箭。

張建立冷笑：「小鬼，你想做什麼？」

「就像剛才山哥說的……」穆方表情猙獰：「小孩子，也會殺人。」

張建立能看得出來，穆方沒殺過人，哪怕弩箭頂在脖子上，也是威脅的意味居多。

可是穆方卻給張建立一種感覺，似乎在這個少年眼裡，活人和死人沒什麼區別。

張建立心中有些忐忑，穆方自己其實也不太明白狀況。

他不知道自己是怎麼做到的，只感覺身體裡一陣炙熱升起，腦袋一暈。等再清醒過來，就是眼前這般情況。

在這個緊要關頭，穆方的靈力突破了。

現在的他，已經進入了通靈境初期。

靈力突破時瞬間的爆發力，能讓人發揮出平時數倍的力量，只可惜穆方還是缺少實戰經驗，否則就該直接殺掉張建立。

「我把鋼弩放下，你也把弩箭拿開。」張建立看了一眼趴在地上的賀青山，率先了打破了沉默。

麻藥的效果有時間限制，得在賀青山緩過勁來之前，解決眼前這個古怪小子。

穆方遲疑了下：「你先把弓弩放下，然後慢慢退出去。」

與死人打交道，和親手殺死人終歸還是有很大區別。穆方猶豫再三，頂在張建立脖子上的弩箭還是捅不下去。

殺人犯自有警察處理，穆方只想完成李向秋的委託。

「那我們後會有期。」感覺脖子上的箭一鬆，張建立的心立刻就踏實了下來。

剛才那一瞬間，穆方給他的感覺就像一個資深殺手。可現在，卻讓張建立再也感不到半點威脅。

沒有殺人之心，就算拿的是 AK47 也跟廢鐵無異。

張建立把弓弩往遠處一丟，雙手抱頭，作勢遠離穆方。

穆方依然緊握著弩箭，沒有放鬆警惕，但張建立的反應速度，遠超他的預料。

弩箭才離開張建立的脖子十公分不到，張建立突然一彎腰，右腳猛地撩起。

只感覺手肘一麻，穆方手裡的弩箭脫手而飛。

穆方反應也算快，猛一欺身，將張建立攔腰抱住。接著雙臂施力，就想將其摔倒。

「蠢貨。」

張建立身子一弓，一記肘擊砸到穆方背上。

穆方好像被大錘砸中，氣血一陣翻騰。

緊接著，張建立膝蓋高高抬起，砰地一下，又頂在穆方的下巴上。

穆方只感覺眼前一黑，仰面飛出。

張建立一個踮步，又是一記凶悍的側踢。

穆方毫無反抗能力，翻滾著摔倒在地面。

張建立向前一縱身，一隻手掐住穆方的咽喉，牢牢地抵在地面上。

「小鬼，就你這能耐也敢說殺人？我空手殺人的時候，你還在包尿布呢。」張建立冷笑，手指漸漸收緊。

穆方用力扳著張建立的手，眼神越發迷離。

自己，真的要死了嗎？

突然，穆方隱隱約約看到什麼東西從眼前飛過，落到了廠房的頂梁上。

穆方晃了晃腦袋，定睛望去。

在頂部一根破舊的房梁上，多了一隻漆黑的烏鴉。

穆方本來都感覺自己要死了，但抬頭看到上面後，頓時一點都不怕了。

在廠房頂棚的橫梁上，一隻烏鴉安靜地站在那裡，人性化的眼睛注視著下方的動靜。

這不是師父養的那隻老烏嗎？嘿嘿……

能說話的烏鴉是什麼？當然就是妖怪！哪怕直接飛下來罵句粗口，也能把張建立嚇個半死了。

穆方心神大定，用盡了力氣高喊：

「老鳥，給我上！」

穆方這一吼，讓張建立有點懵，而房梁上的烏鴉則氣得眼前一黑，差點沒掉下來。

這臭小子，你叫誰老鳥，信不信我下去一爪子抓死你！

烏鴉的確是來保護穆方的沒錯，剛才也有出手的打算，但是現在牠不想動了。

見烏鴉沒動靜，穆方有點急了：「老鳥，別光看著，下來幫忙啊。」

烏鴉瞥了穆方一眼，任性地一撇頭。

張建立抬頭看了看，古怪地瞪了穆方一眼。

這小子在跟那隻烏鴉說話？要我啊。

「小鬼，要夠寶就受死吧。」張建立手指的力量再度加大。

穆方眼珠子都幾乎快被掐出來，掙扎著呻吟：「死、死烏鴉，你見死不救……」

烏鴉在房梁上看著，一個勁搖頭。

沒幾個人是生下來就會殺人的，所以烏鴉也沒因為穆方手軟而鄙視他。一回生二回熟，下次他就長記性了。可見穆方在那掙扎，烏鴉還是有些看不下去。

穆方正在那拚命，一個聲音突然傳入耳朵。

「蠢貨，你剛才已經突破至通靈境初期，還怕對付不了一個普通人嗎？」

烏鴉的聲音？穆方微微一怔。

通靈境初期？

記得師父說過，通靈境初期可將靈力引入四肢百骸，一個人對付七、八個普通壯漢也不在話下。可是靈力在體內，怎麼引啊？

心念所及，穆方體內的靈力即刻有了感應。

穆方只感覺小腹處突然熱浪翻騰，而後一股氣流隨之湧入左臂。稍一用力，左臂骨骼作響，好像多了某種力量。

在張建立難以置信的目光下，掐著穆方脖子的手掌被緩緩掰開了。

「老王八，有種再掐我啊！」

穆方抬手一拳砸了過去，正中鼻梁。

張建立眼前一花，兩股溫熱從鼻孔湧了出來。

穆方得勢不饒人，趁張建立失力，抽出一條腿來正踹到張建立的胸口上。

張建立身材高大，若是平時穆方根本不可能踹得動，可這一次，穆方在出腿的同時，也感到一股熱流湧出。張建立悶哼了一聲，龐大的身軀騰空飛起。

「哇哈哈，知道老子的厲害了吧……哎呦我操！」

穆方樂極生悲，把張建立踹是踹起來了，但力道位置都沒控制好。飛起來後又直直落下，差點沒把穆方腸子給砸出來。

張建立也是胸口一陣陣發悶，被穆方二次推開後也緩了好半天的氣。

「好小子。」張建立緩過勁後，恨恨地瞪了穆方一眼，將視線轉向一邊的鋼弩。

穆方也反應了過來，幾乎和張建立同時向鋼弩撲去。

二人你推我打，滾成一團。

張建立是死人堆裡爬出來的，穆方哪裡是他的對手，幾記老拳下來，根本就沒有抵抗能力，嘴角和右眉骨都被打出了口子，溢出點點血跡。要不是死死抱著他的腰不撒手，穆方現在鐵定又得被掐倒在地上。

烏鴉在房梁上看著，又是一聲哀嘆。

能這麼快突破至通靈境初期，也算是一個不大不小的奇蹟，只是堂堂通靈境，竟然像小孩一樣打架，真是丟人現眼。

也許應該教這小子點東西了，要是被人知道他是那位大人的弟子，這臉面真是要丟到十八層地獄去。

烏鴉又看了一會，實在忍不住再度傳音道：「虧你做了那麼久的郵差，對靈力一點認知都沒有嗎？」

烏鴉的話別人聽不見，但穆方卻聽得清清楚楚，他一邊撕扯著張建立的臉頰，一邊氣急敗壞的罵道：「你站著說話不腰疼，有說風涼話的工夫，還不如下來幫我啄他幾口……我操，他竟然先咬我了！」

烏鴉又是一腦袋黑線，耐著性子道：「你身為三界郵差，靈力與尋常通靈師有異。現在你的靈力雖然已至通靈境，但所發揮出的靈力卻連尋常入門級都不如……」

這個時候，穆方又被張建立反手掐住了脖子，兩眼翻白。

「廢、廢什麼話……說重點……」

烏鴉也失去了耐心，氣惱罵道：「重點就是開靈目！開了靈目才能施展全部靈力，力氣自然也能變大。你這滿腦子都是大便的蠢貨，到底什麼時候才能開竅！」

「不早說……」穆方強撐著掐指結印，開啟靈目。

穆方和烏鴉都沒有注意到，在開啟靈目的同時，穆方眉骨上溢出的一滴血液，恰好滴入了右眼當中。

以前靈目一開，溝通陰陽，穆方也沒其他感覺，但這次一開啟，穆方只感覺自己體內的靈力好像煮開了一樣，沸騰著湧向四肢百骸，肌肉筋絡更是瞬間隆起。

「通靈通靈，靈力通玄，現在的你，才算是一個真正的通靈境強者。」烏鴉頓了頓，繼續道：「雖然一開始靈力可能不受控制，但足夠……咦？」

烏鴉說著說著，自己愣住了。

牠突然發現，穆方現在展露的靈力根本不是通靈境初期，而是直逼通靈境後期的強大靈力。

「他現在怎麼會有這種程度的靈力，難道是……？」看著穆方的靈目，烏鴉再一次被驚到了。

之前穆方的靈目開啟，只是眼瞳變紅，可是這一次，整隻眼睛都是血紅的，深邃的瞳孔，更是變成了一條菱形細縫，宛如一頭來自地獄深處的凶獸。

除了老薛之外，烏鴉是最清楚穆方那隻靈目來歷的人。

「這個小子，竟然……」烏鴉眼中盡是難以置信的目光。

二段開眼，凶眸現！

現在烏鴉說什麼，穆方已經聽不清了。沸騰的靈力讓體溫急劇增高，腦袋中更是嗡嗡作響，他臉上的血管都繃了起來，一黑一紅兩隻眼睛，死死地盯著面前的張建立。

穆方沒有失去意識，但此時他的腦海當中最多的想法，是狂暴、殺戮，以及對鮮血的極度渴望……

「你，你……」此時張建立真的怕了。

在國外的時候，張建立也聽聞過一些玄怪之類的東西，一旦遇到那些存在，就算殺人不眨眼的毒梟，也都猶如綿羊一般。看到穆方的樣子，張建立頓時就想起了那些恐怖的東西。

不過張建立也不能因為一隻眼睛就轉身跑，四下一看，從腳邊撿起一根角鐵，嚎叫著撲了上來，直捅穆方咽喉。

穆方不閃不避，喉嚨中好似野獸一般嗚嗚作響，待角鐵刺到近前，嘴一張。

錚的一聲，角鐵被穆方生生用牙齒咬住。

「媽的，老子捅死你！」

張建立又驚又怒，抓著角鐵死命地往穆方喉嚨裡捅。

可被牙齒咬住的角鐵紋絲未動，甚至連穆方的身子都沒有後退半分。

就在張建立還在用力的時候，忽然聽見喀嚓一聲脆響，他瞬間失去著力點，身子猛然向前跌倒。

角鐵，竟然被穆方給咬碎了！

不等張建立站穩，穆方噗地將嘴裡的鐵片吐出，張建立哎呀一聲，臉上脖子上瞬間多出數道血口。

接著，又是嘭的一聲，張建立倒著飛出去五、六公尺遠，一口鮮血噴了出來。

穆方緩緩收回手臂，隨意地垂在身前，瞪著猩紅的右眼，表情猙獰地一步步走向張建立。

「別、別過來……」

張建立胸中氣血翻騰，強提著一口氣，本能地抓起身邊的雜物丟向穆方。

穆方眼睛眨都不眨，任由那些雜物打在身上，魔神一般步步逼近。

這時賀青山已將弩箭拔出，藥勁也消退了不少，強撐著坐起來，本想上前幫忙，然而一看穆方這架勢，竟有些猶豫自己該幫誰。

張建立不是個東西，但穆方要是真殺了他，那麻煩肯定不會小。與韓立軍顧慮的相同，因為衝動改變命運的賀青山，不希望穆方重蹈自己的覆轍。

突然，伸手亂抓亂打的張建立，竟然摸到了那柄鋼弩。

這是一種名為大黑鷹的鋼弩，有效射程超過一百公尺，五、六十公尺內的殺傷力更是不弱於手槍。摸到鋼弩後，張建立多少安心一些。

「小鬼，死吧！」張建立抬手扣動扳機。

他和穆方相距不過四、五公尺，準頭就算再差也不會打偏。

「小心！」賀青山一聲驚叫。

伴隨著一道烏芒，穆方的右眼之中也是紅芒大放。

噗嗤一聲，弩箭射入穆方抬起的左手，濺出幾朵血花。

以大黑鷹鋼弩的強大穿透力，這樣的距離內應會將肉掌輕易貫穿，而弩箭也的確射穿了穆方的手掌。

但詭異的是，當弩箭沒入，接觸到穆方的血液之後，猶如寒冰遇到烈焰，在吱吱聲響當中，伴隨著一團騰起的霧氣，竟然瞬間被融掉了。接著，傷口以肉眼可見的速度快速癒合。

「這……」

張建立魂飛天外。

沒等他緩過神來，穆方猛然欺身上前，右手一探，張建立生生被提了起來。

「別、別殺我！」

張建立不是畏懼死亡，而是懼怕穆方的那隻眼睛。那種難以言明的毀滅感，讓張建立從靈魂深處感到戰慄。

隨著穆方的手指收緊，烏鴉的樣子也發生了些許變化。

漆黑的羽毛抖動著，漸漸泛出些許鋼鐵的色澤；一雙爪子，更是變得猶如鐵鉤一般。

張建立死不死是小事，可穆方若是被靈目反控心神可就麻煩大了。凶眸既現，若控制不住意志，那和活死人也差不了多少。

穆方的眼睛凶光四溢，死死盯著張建立。

「穆方，冷靜點。」賀青山掙扎著大叫：「別殺他，我們報警……」

穆方眼眸深處似乎閃過一抹掙扎。

「滾！」

穆方手臂猛地向下一用力，張建立被狠狠摔到地上，一時是出的氣多進的氣少。

張建立被摔倒之後，穆方的身子抖了抖。他閉上眼，再睜開的時候，靈目已然封閉。

穆方如同脫力一般，大口大口地喘著氣，額頭也是密密麻麻的汗滴。

烏鴉豎起的羽毛又縮了回去，但眼中的驚駭之色卻是更濃。

這小子控制住了？怎麼可能，難道……

「喂喂，你不會這麼不經打吧……」烏鴉還在震驚的時候，穆方喘過氣，蹲下去拍了拍張建立的臉頰。

「堅持堅持，千萬別掛啊。」穆方擔心道：「你是該死沒錯，但千萬別死在我手裡，最起碼堅持個十天半月的，讓政府槍斃你……我是守法公民，可不想當殺人犯。」

「……」

張建立沒被打暈，但隨著穆方這句話，一口氣喘不過來，直接氣暈了過去。

烏鴉看了看穆方，羽毛一抖，展翅飛離。

現在穆方已經沒了危險，留在這裡也沒什麼意義。倒是凶眸之事，得趕快讓大人知道才行。

十幾分鐘後。

「二段？凶眸?!」老薛眼神閃爍不定：「通靈聚靈，凝神歸元。只有凝神境才有二段開眼的可能。這小子就算剛剛突破，靈力沸騰，也不過是通靈境的程度，怎麼可能引動靈目的凶性？」

烏鴉道：「我後來仔細看了，那傢伙好像是被血浸到了眼睛。」

「二段開眼的確要鮮血引動沒錯，但對靈力基礎還是有要求的。除非靈目和穆方的融合度奇高。」

老薛眉頭緊鎖：「千百年來，那隻靈目的主人無數，難道穆方是其中某人的轉世？可是，天道理應不可能允許這種事發生才對……難道是那隻眼睛最早的主人？」

「不可能。」烏鴉斷然道：「當年那個傢伙可是被您和其他九位合力鎮壓，早已神魂俱滅，怎麼可能有轉世的機會？而且若是他的話，也不會是穆方這個痞樣子。」

「說的也是。」老薛啞然失笑：「我只是猜測，總之這小子實難按常理揣摩。」

烏鴉遲疑了下，試探性地問道：「大人，既然他已能二段開眼，發揮通靈境中期的靈力，是否考慮將『滅道』傳授於他？」

老薛瞳孔閃了下，似笑非笑地看著烏鴉：「文忠，你不是一直不看好穆方嗎，怎麼現在反倒轉性了？」

「屬下不想一直給那個飯桶當保母。」烏鴉一副恨鐵不成鋼的模樣：「只是對付區區一個凡人，就險些把命丟掉，以後若是再碰上凶厲的靈體，他怕是更加難以應付。早點讓他學會滅道，大人和我都能省心。」

「你這話倒也不無道理。」老薛啞然失笑，點頭道：「滅道九十九，地府殺伐之法，早晚是要教給他的。若是穆方現在真能發揮通靈境中期的靈力，又可引動凶眸，倒是可以試著學學前三道了。不過我要返回靈界一趟，暫時沒時間教他。」

「這事不勞煩大人，我可以教他。」烏鴉眼睛閃了閃。

「你還真是心急。」老薛不禁又是一笑：「你該知道，他雖然有二段開眼的能力，但這次很可能是機緣巧合，能不能開第二次很難說。退一步說，就算他還能再度開眼，也不代表真正擁有駕馭第二段的能力。此事需從長計議，等這次任務結束再說吧。」

聽到老薛提起李向秋的任務，烏鴉不禁搖頭：「大人，他的氣運足夠，但其他方面就差一些了。收信人已經找到，可他非但不把信交出，反而去做一些無關的事，以致讓自己置於險地。」

「現在的郵差是他，由他去做吧。」老薛幽幽道：「我有一種感覺，說不定這次天道的反應，會很有趣。」

此時老薛並不知道，現在穆方沒讓天道起反應，但幸福里社區已經反應很強烈了。

尤其是張建國、呂紅一家人，更是處於半瘋狀態。

09

難怪他家蘿蔔長得好

穆方把半死不活的張建立丟給賀青山，又交代了兩件事，騎著機車去黑水一中把韓青青接了出來。

接下來要做的事情，穆方需要這個刑警大隊長的女兒在場。

這個時段出校門完全是蹺課，但一聽穆方說有案子的線索，韓青青連問都沒問，就上了穆方的機車後座。

二人趕到幸福里社區。上次穆方進社區是靜悄悄的，這次再來是鬧哄哄的。

穆方的機車改裝過，自帶音響，無聊的時候會放電音舞曲招搖過市。現在重新錄了段音，沒原來那麼拉風，但殺傷力可是一點都不弱。

「張建國、呂紅喪心病狂，欠錢不還，無賴流氓！張建國、呂紅喪心病狂，欠錢不還，無賴流氓……」

韓青青額頭青筋一個勁亂蹦，但不過無論她說什麼，穆方都置若罔聞。就這樣，穆方放著音響在別墅區逛了兩圈，帶出一大群看熱鬧的圍觀群眾後，把機車停在張家門外。

幸福里也算富人區，不管穆方是不是真的要債，警衛都不會允許他四處放廣播，不等住戶投訴，就拿著警棍圍住穆方，強行關閉機車的音響。

穆方沒打算和警衛們PK，猴子似地順旗桿爬了上去，拿安全帶把自己固定在旗桿上，舉著喇叭又開始喊：「張建國、呂紅喪心病狂，欠錢不還，無賴流氓……」

這時韓青青早就躲進人群裡了，開始有些後悔跟著這個瘋子過來。

不一會，旗桿四周人山人海，眾人一邊看熱鬧一邊竊竊私語。

「張家不是挺有錢的嗎，怎麼還欠別人錢啊？」

「打腫臉充胖子啊，你沒見他家別墅都是二手的。」

「是啊？我見那家女的整天跩得二五八萬似的，還以為多有錢呢……」

「咳，就是愛面子吧。」

張建國在鐵路局工作，有點實權，呂紅和張蓉母女二人平日招搖得很，碰上沒錢的說人家窮鬼，遇到有錢的就說人家暴發戶。這一家子名聲本來就不怎麼好，穆方這麼一鬧，算是徹底臭了。

秋荻也從家裡出來，看到穆方非常吃驚，她焦急地打電話給張建立與賀青山，隱藏在人群之中看穆方又想玩什麼花樣。

呂紅和張蓉也在人群當中，兩人的臉色都跟青銅器差不多。

這幾天張建國一直在忙張蓉轉學的事，母女倆就在家躲著，剛才正商量怎麼報復穆方，穆方就又來了。

「警衛，警衛！」呂紅氣呼呼地拉過一個警衛：「你們還愣著幹什麼，還不快點把那個瘋子抓起來！」

警衛一臉無奈：「大姐，我們也想抓，可這小子爬到旗桿上，不好辦啊。」

「哪裡不好辦！」張蓉也跳了出來：「拿槍把他打下來！」

警衛一翻白眼：「小妹妹，我們是社區警衛，哪有槍啊？」

警衛有句話沒說。旗桿上那傢伙雖然看起來不正常，但畢竟是人，不是鳥。就算真的有槍，也不能說打就打啊。

「那就拿石頭打下來。」張蓉不依不饒：「你們這麼多人，就拿這個瘋子沒辦法嗎？」

張家人裡最恨穆方的不是呂紅，而是張蓉。

在張蓉看來，如果不是穆方到學校搗亂，侮辱李向秋的事根本不會曝光，她也就不會去找火雞，現在更不會面臨轉學。

昨天在警局那麼安分是她還驚魂未定，現在緩過勁，骨子裡的潑辣就又爆發了出來。

呂紅和張蓉在下面嚷嚷，穆方在旗桿上看得一清二楚，瞥了兩眼，舉著喇叭對下面喊：「妳們兩個還敢出來？張建國呢？叫他趕緊出來還錢！」

呂紅真是要氣瘋了，仰頭大罵：「我之前都不認識你，什麼時候欠你錢了？」

「妳還敢賴帳？」穆方瞪著眼睛大聲道：「諸位鄉親、街坊、老少評評理，有人要無賴了啊！上了年紀的老太婆，竟然賴小孩子的帳！」

「死小鬼，你叫誰老太婆！」呂紅臉漲得通紅。

「就叫妳。」穆方很老實。

張蓉開口幫腔：「你沒教養！」

「小賤人閉嘴！」穆方根本沒打算講道理。

吳家四口人就埋在張建國家的花園裡，穆方是故意把水攪混，想藉著渾水摸魚，把那四個麻將狂給挖出來。

直接報警找人的話，穆方還得解釋消息來源，他總不能說是從死人嘴裡問到的。現在這樣胡搞瞎搞，雖然也有漏洞，但至少能搪塞過去。

穆方抱著旗桿大喊大叫不下來，警衛們實在沒辦法，加上呂紅和張蓉催促得厲害，最後只能報警。

警察一來，穆方的無賴勁立刻就消失了。

「警察叔叔……」穆方在旗桿上淚眼汪汪：「他們欠我錢，你們要給我做主啊……」

呂紅氣急敗壞，抓住趕來的警官就是一通抱怨：「你可別聽那小王八蛋胡說八道，他是跟我女兒有矛盾，故意來搗亂的！」

張蓉也道：「是啊，他就是個流氓，之前還和別人合謀綁架我，你們快把他抓起來。」

「妳們等等，到底怎麼回事？」警察只感覺一個頭兩個大，完全搞不清狀況了。來的是個附近派出所的小警察，本來以為是普通的帳務糾紛，結果一群人七嘴八舌的，連綁架都出來了。

「警察叔叔，是這樣的。」穆方居高臨下，又舉著大喇叭，有著絕對的優勢，也不管呂紅她們說什麼，自顧自舉著喇叭胡謅道：「我有一只古董陶瓷碗，人家都說能賣很多錢，後來被張建國看中了。他告訴我要找人鑒定，我就把碗給他了，結果沒想到肉包子打狗，他們非但不給錢，反而還不承認這回事了。」

呂紅氣得跳腳大罵：「你胡說八道！」

穆方拿手一指：「警察叔叔，你看我沒說錯吧。」

張蓉也急了，氣呼呼解釋道：「警官，真的不是那樣。我們之前根本不認識，是他來我學校搗亂，害我被同學打，然後他又勾結小混混……」

「等等，一件一件說。」警察又懵了。

穆方的話雖然是胡謅的，但簡潔又有條理，一聽就懂；而呂紅母女，一個氣得只會罵人，另一個說得沒頭沒尾，哪裡聽得明白。

韓青青藏在人群裡，狐疑地看著穆方。

在她的印象裡，穆方雖然奇怪了一點，還是個色狼，但平常做事很有條理的。

他到底要做什麼？

警察被一群人搞得頭昏腦脹，決定還是從穆方這邊入手。

「你說他們拿了你的古董，有什麼證據？」

「證據就在她家院子裡。」穆方指著呂紅家的院子大聲道：「他們把我的古董埋在花圃裡了，不信你們挖，肯定能挖出來。」

「挖就挖！」呂紅跳腳大罵：「要是挖不出古董，老娘就挖了你的眼珠子。」

張蓉也是一個勁地冷笑，甚至去主動拿來了鐵鍬。

那個花圃平時根本不種花，只在春夏種點蘿蔔青菜，冬天佣人偷懶偶爾倒個廚餘。而剛才出於謹慎，呂紅也悄悄給張建國打過電話，確定什麼古董都是子虛烏有。

她們母女二人問心無愧，但卻沒有注意到，站在人群當中的秋荻，臉色已經變得比紙還要白。

秋荻連續撥打張建立與賀青山的電話都是忙音，正心急的時候，突然聽到穆方說什麼「古董埋在花圃裡」，登時就著急了。

花圃裡有沒有古董她不知道，但她知道，裡面埋著四個人……

當年張建立欠了吳華明一家不少錢，後來被催得急了，一發狠就下了毒手。

當時張建立在幸福里社區承包了幾個別墅的裝修，便將屍體送到其中一棟，深埋入花圃當中。那時候秋荻正與張建立勾搭得火熱，被叫去幫忙運屍體。

其實以張建立的想法，是想連秋荻一起滅口的，但秋荻當時的表現讓他很意外，不止相當鎮定，甚至還提醒要用石灰掩蓋屍體的味道。張建立覺得秋荻還有用，就沒下手。

張建立想過把屍體處理掉，但過了很久也沒被警方發現，加上那別墅又住了人，基於不畫蛇添足的想法，張建立就沒再去動吳家四口的屍體。

後來李華追案子追得緊，又得知他是秋荻的前夫，張建立心思一轉，就乾脆把秋荻給娶了。反正在張建立看來，家裡的女人只是個擺設，外面他該怎麼逍遙還是怎麼逍遙。

不過秋荻真算是一個「賢內助」，後來張建立積累了不少財富，秋荻就出主意，在埋屍體的院子對面買了房子。等到藏屍別墅的原主人搬家，秋荻又建議將其買下，便宜賣給張建國，找大哥大嫂幫忙「守墓」。

秋荻對張建國家花圃的事心知肚明，哪裡敢讓人真的去挖，見張蓉把鐵鍬都拿了出來，再也沉不住氣。

「等等，不能挖！」秋荻發瘋似地從人群中鑽出來，一把搶過張蓉手裡的鐵鍬。

張蓉嚇了一大跳，一看是秋荻，疑惑道：「嬸嬸，怎麼了？」

秋荻定了定神，頗為強硬地說道：「他叫妳們挖就挖，憑什麼啊？說誰家埋東西就去誰家挖，還有沒有天理了？」

呂紅和張蓉互相看了看，也覺得有道理，一時有些猶豫。不過就在這個時候，穆方又大叫了起來。

「唱什麼雙簧啊，心虛了吧，趕緊還錢！」

不待呂紅和張蓉說話，心中萬分緊張的秋荻便仰頭大罵：「你這小王八蛋，沒事找事是不是！如果你現在下來，往事一筆勾銷，再繼續亂來，你知道後果！」

有這麼多人在場，秋荻不敢把話說得太白，只想激怒穆方，轉移焦點。

但穆方卻好像根本不認識她，舉著喇叭道：「是妳旁邊的老太婆欠錢，關妳什麼事啊，滾邊去！」

穆方一句話，把秋荻和呂紅兩人都惹毛了。

呂紅自不必說，被一口一個老太婆地叫著，是個女人都受不了。

而秋荻不是氣，是怕。

穆方要是直接揭發她下藥還好，大不了打官司，反正也沒證據。可穆方壓根不接招，死抓著呂紅不放。

看雙方又要罵起來，頭疼的警察連忙上前建議：「只是一個花圃，要是不礙事就挖挖看。如果那小子說謊，我就按違反治安條例把他拘留起來。」

穆方接口道：「我是不怕，但心虛的老太婆就不好說了。」

韓青青猶豫了下，在人群裡捏著鼻子喊了一聲：「是黑是白，挖了不就清楚了，大家說是不是啊！」

她這一起鬨，早就按捺不住好奇心的圍觀者頓時跟著亂了起來。

「就是啊，挖個花圃而已，又不是挖房子！」

「有什麼好擔心的，難道真的心虛？」

人群一起鬨，呂紅徹底氣瘋了。

「他媽的，挖就挖，誰怕誰啊，老娘幫你們挖！」呂紅一把從秋荻手裡搶過鐵鍬，跑進院子挖了起來。

秋荻急了，跑上去阻攔，兩個女人來回拉扯，警察也在一邊苦勸。

情況正一團亂，張建國回來了，後面還跟著幾個扛工具的工人。

「弟妹，妳讓開，讓他們挖！」張建國臉色鐵青，咬牙切齒地瞪著旗桿上的穆方：「如果挖不出東西，我就把你埋進去！」

張建國接到呂紅的電話之後，比呂紅還生氣。他是公務人員，最在乎的就是名聲。穆方這麼一鬧，要是以訛傳訛地傳出去，他哪裡還有臉。於是直接在外面雇了幾個工人回來挖花圃。

這下子，秋荻就算再怎麼攔也攔不住了，又急又怕地在原地轉圈。

正當秋荻不停祈禱發生奇蹟，屍首已經爛光了的時候，突然有一個工人咦了一聲。

「好像挖到東西了……」

就這一句話，秋荻的心臟好像快從嗓子眼裡跳出來，人群也呼啦一下，往前進了幾步。

然後，眾目睽睽之下，那工人拿起一只破碗。

「古董！」好多人異口同聲。

在場人都記得，穆方先前說的古董，就是一只古董陶瓷碗。

看到那只碗，秋荻有點懵。

難道誤打誤撞，張建國真的拿了人家的古董，還埋到花圃裡？

秋荻憤憤地看向張建國，呂紅也是同樣的目光，以為丈夫背著自己幹下了這件事。

張建國一臉茫然和委屈，想要辯駁，但不知道說什麼好。

警察也看了張建國一眼，抬頭看向穆方：「碗找到了，你下來吧。」

「這個……」穆方哭笑不得。

他是信口胡謅的，哪想到還真的挖出一個碗。

「警察叔叔，那碗好像不是我的……」

穆方正結結巴巴的時候，那個工人已經把碗上的泥巴擦掉了，看了看，憨憨一笑：

「這個不是古董。」

眾人定睛望去，才發現那只碗只是普通的瓷碗，髒兮兮的，好像是裝修工人用來調塗料用的。

穆方和張建國一家都鬆了一口氣，然後又互相瞪了對方一眼。而秋荻的心，再次提了起來。

「又挖到個東西……」另一個工人蹲下撥開沙土，嘟囔道：「好像是一段爛木頭。」

秋荻差點跳過去掐死那個工人。爛木頭你也一驚一乍的，想要嚇死我嗎？不過現在要被嚇死的不是秋荻，而是那些工人。

「啊——！」

「有、有死人！」

隨著幾聲驚叫，那幾個工人連滾帶爬地從花圃裡跑了出來。

剛才挖到的哪裡是爛木頭，分明是一截腿骨！

秋荻一屁股坐到地上，那警察也是臉色一變，大步跑了過去。幾個警衛互相看了看，也跟在後頭。

雖然皮肉已經爛掉，但一條帶著殘破褲子和旅遊鞋的大腿清晰可見。

警察拿起鐵鍬又挖了幾下，臉色更是陰沉，拿起手機撥了號碼：「所長，我是小張。在幸福里社區的別墅區發現屍體，有用石灰掩埋過的痕跡……嗯，嗯，我會保護好現場的……」

警衛們同樣面色大變，連忙打電話給上層。

韓青青瞪大眼睛，古怪地看了穆方一眼。遲疑片刻，也掏出了手機。

「老爸，張建立那個案子說不定有線索了……」

穆方迅速從旗桿上溜了下來，大叫道：「死人，有死人，我的碗不要了，不要了！」

不過這個時候，誰還顧得上他。

這些看熱鬧的居民，膽小的忙著往後躲，膽大的急著往前擠，而警察和警衛們則滿頭大汗地維持著秩序。

至於張家三口人，早就傻掉了，愣愣地站在那。

增援的警力很快趕到，拉起封鎖線，繼續進行挖掘。而挖掘的結果，讓所有人都大吃一驚。

花圃當中的屍體不止一具，而是整整四具，屍體都被人撒上過石灰，一看就是有意為之。雖然年頭久遠，但畢竟是四條人命，所有的警察都如臨大敵。張建國一家三口，更是被拘捕了起來。

圍觀群眾經過最初的驚嚇之後，八卦心開始氾濫，七嘴八舌地交流看法。

「知人知面不知心啊，平時張建國看起來人模人樣的，沒想到竟然會殺人。」

「就是啊，而且還殺了四個。」

「你們怎麼老說人家張建國呢，說不定是他老婆殺的。」

「對啊，也有可能，那呂紅平時就凶巴巴的……」

張建國等人陸續被押上警車，呂紅恰好聽到他人議論，頓時是怒火中燒。

誰知道是哪個缺德鬼把死屍埋我家院子了，憑什麼說我是殺人犯啊。

呂紅正要破口大罵，冷不丁又聽見一句話，臉一下就紫了。剛剛邁上警車的張建國身子也是一個趔趄，差點摔倒。

「難怪他家蘿蔔長那麼好，原來下面埋著那個啊……」

呂紅是個很矯情的人，號稱要吃真正的有機綠色蔬菜，就讓人在花圃裡種些蘿蔔青菜什麼的自用。

圍觀群眾的一句話，讓張家三口一下想起了這件事。

張建國和呂紅畢竟是成年人，勉強還能挺一挺，但張蓉一個女孩子，哪裡受得了這個刺激。

「嘔……」張蓉直接扶著警車吐了起來。

她這一吐，呂紅也忍不住了，母女肩並肩，一起開始清理腸胃。

而張建國出於男人的尊嚴在那硬挺著，咬著牙上了警車。

可偏偏這個時候，一個傢伙不知道是嘴賤還是故意，突然冒出一句。

「還是張大哥厲害，吃了都不帶吐的。」

「噗……」張建國直接在警車裡噴了。

那些警察氣個半死，學學你老婆孩子不行嗎，吐在外面多好，偏偏要吐在車裡！

場面亂哄哄的，一時也沒人注意到有兩個人不見了。

穆方和秋荻。

穆方離開是去了李向秋自縊的地方，秋荻離開是因為接到賀青山的電話。

賀青山用張建立的手機打給她，說出了一點問題，讓秋荻迅速到某某地方，張建立在那裡等她。正心慌意亂的秋荻不疑有他，回家收拾了行李，直奔賀青山所說的地點。

秋荻並不知道，那個電話是穆方通知賀青山打的，而去的地方，是李向秋自縊的那片野地。

10

鑄道，新的規則

秋荻沒有開自己的車，而是步行出社區，招了一輛計程車。到了目的地，她下車四下張望，很輕鬆地找到了遠處那棵歪脖子樹，依稀看到樹下站著一個人。

張建立做的事都見不得光，加上屍體剛被挖出來，秋荻絲毫沒有懷疑為什麼在這麼偏僻的地方見面。

等她一路小跑到歪脖子樹下，才發現站在那的人不是張建立，而是穆方。而且穆方的右眼，是紅色的。

「怎麼是你？」秋荻又驚又怒：「建立在哪?!」

「在他該在的地方。」穆方表情淡然。

「你綁架他？」秋荻吃了一驚，而後略一思索，更是怒道：「賀青山和你是一夥的？那個吃裡扒外的，我早知道他靠不住！」

「這些不重要。」穆方道：「我叫妳到這，是有個口信要給妳。」

秋荻似乎恢復了鎮定，冷哼道：「要錢的話你恐怕找錯人了，我的錢都是張建立給的，我甚至連他有幾個帳戶都不知道。」

「這個口信只和妳有關，不干張建立的事。」穆方頓了頓，悠悠道：「妳的女兒李向秋，希望妳來見她。」

「什麼？」秋荻一怔。

突然，空氣扭曲了一下，一團柔和的輕風拂過。

穆方抬頭看了看天空，眼神微微閃了下。

天道沒有完成任務的提示，看來我果然沒有猜錯。不過，天道為什麼會打開兩界通道？難道是……

秋荻看著穆方木然的面孔，心頭突然一驚：「你、你這個時候提向秋是什麼意思？難道你想，你想……」

李向秋已經死了，秋荻聽到穆方話的第一反應，是他要殺了自己。

穆方看了秋荻一眼，沉聲道：「旁邊這棵樹，就是李向秋結束自己生命的地方，作為母親，妳不應該來看她一眼嗎？」

秋荻又是一愣，羞怒道：「你把我騙過來，就是為了讓我祭拜她？」

「不應該嗎？」穆方憤怒地重複道：「作為一個母親，妳來看一眼自己的女兒不應該嗎？李向秋是妳生的，難道妳對她就沒有一點感情？」

「好，既然你想知道，我告訴你！」秋荻也憤怒了。

秋荻雖有心計，但今天穆方搞出的一連串事件，早已讓她的精神不堪重負，此刻被穆方質問，終於忍不住了。

「我對她沒感情，半點感情都沒有！我不想見她，一點都不想！」秋荻嘶吼道：「現在你滿意了？滿意了嗎？」

隨著秋荻的嘶吼，穆方身後似乎有人抖了一下，露出半個衣角。

微微抖動的瘦弱身軀、蒼白悲切的俏臉，都屬於同一個人──李向秋。

之所以禁止三界郵差替死人送信給活人，是因為活人在接到信件後，便能夠與送信的靈進行溝通。雖然這個時間不長，但也足以洩漏足夠多的死者祕密。

當穆方說出李向秋的口信，天道便有了感應。

現在這個時候，秋荻能看見李向秋，李向秋也能看見秋荻，而言語亦能相通。

秋荻那番話，清楚地傳進了李向秋耳中。

聽著那無情的話語，李向秋簡直不敢相信自己的耳朵。

不，不會的，我媽媽不會說那樣的話……

李向秋在穆方身後顫抖，但秋荻並沒有注意到，一直死盯著穆方。

穆方也氣得一個勁哆嗦，牙齒咬得咯咯響。

他想過秋荻可能會說一些傷人的話，但沒想到如此絕情。

這時，遠處的國道又有一輛計程車抵達，一個女人從車裡走出，快步向這邊走來。

穆方沒有注意到那邊的動靜，咬牙切齒地怒視著秋荻：「李向秋是妳生的，妳怎能說出這種混帳話！」

「你知道什麼！李向秋是我生的沒錯，但你以為我真想要這個女兒嗎？」秋荻依舊歇斯底里。

「懷上她是個意外，我當時根本就不想要孩子！李華窮鬼一個，我瞎了眼才會嫁給他，又怎麼會替他生孩子。如果不是當時我的身體有問題不能墮胎，我早把她流掉了！」

秋荻每一句話、每一個字，都像是一根針、一根刺，接連不斷地刺在李向秋內心深處最柔軟的地方。

李向秋沒有流淚，她已經痛到哭不出來了，若不是身為靈體，恐怕早就昏了過去。即便是此時，如果沒有穆方扶著，她也必然癱坐在地。

「妳這個王八蛋！」穆方再也無法忍耐，猛地衝了出去。

秋荻畢竟是李向秋的生母，所以穆方一直在克制自己的憤怒。除了劉豔紅之外，穆方從來沒和女人動過手，可是現在，他怎麼可能還忍得住。

右手一揚，啪的一聲脆響，秋荻倒在地上，眼冒金星不知所以。

穆方還要上前，但沒等邁出兩步就被李向秋攔腰抱住了。

李向秋一句話都沒有說，十指死死扣著，身體和臉龐，更是緊緊貼在穆方背上，劇烈地顫抖著。

「向秋，這之後我隨便妳打隨便妳罵，但現在我一定要打死這個禽獸不如的東西！」

穆方一時無法掙脫李向秋，甚至都動了封閉靈目來痛毆秋荻的心思。

正僵持的時候，剛從計程車上下來的那個女人到了眾人身前。

來者不是別人，正是孫芳，李向秋的小學老師，多年來一直照顧她的人。

與秋荻一樣，孫芳也是穆方設計騙來的。穆方的理由，是李向秋留下一句話，必須在這裡才能告訴她。

先前秋荻叫嚷的那番話，孫芳也聽了個清清楚楚，眼中雖有怒意，但情緒卻沒什麼波動。

她瞥了秋荻一眼，那眼神就像在看垃圾，而後把目光轉向穆方，開口問道：「向秋有什麼話留給我？」

此時的穆方還處在暴怒之中，根本沒聽清孫芳問什麼，本能地怒吼道：「妳沒聽到這個女人剛才說什麼嗎，她沒資格做母親，她不配！」

「十幾年前我就知道了。」孫芳嘲諷地一笑：「把向秋留給李華，是她這輩子唯一做對的一件事。」

孫芳頓了頓，苦澀道：「其實，我並不相信向秋會留下什麼話讓你轉達，但即便只有一絲可能，我也不得不來。你想說什麼，就說吧，我聽著。」

說著，孫芳的眼睛又看向那棵大樹，眼圈一下紅了。

看著孫芳的眼睛，穆方的情緒漸漸平復下來。

「發生了什麼，有人來了嗎？」李向秋看不到孫芳，但也知道穆方在和其他人說話。

穆方輕輕拍了拍李向秋的手，輕聲問道：「向秋，妳想不想見另外一個人？真正關心妳、在乎妳的人。」

「還會有人在乎我嗎……」李向秋慘然一笑。

穆方不答話，轉向孫芳：「孫老師，我有一個口信給妳。」

孫芳看向穆方。

「向秋，很想妳。」

隨著穆方輕輕一句話，孫芳的身子一顫，空氣之中再度傳來一陣扭曲。

而在冥冥之中，天道的聲音傳到了穆方的腦海之中。

「**信件抵達，任務終結！**」

向秋，很想妳。

簡單樸實的一句話，讓孫芳的眼淚一下湧出。

這時，秋荻也清醒了過來，恰好聽到了穆方的話。與孫芳不同，秋荻臉上湧現的是嘲諷。

突然，穆方向旁邊跨了一步，露出李向秋的身形。

李向秋沒想到穆方會突然閃開，頓時手足無措。而秋荻和孫芳的反應，也是大相逕庭。

看到李向秋後，二人起初都是一呆，但隨後的表現完全是兩個極端。

秋荻一聲尖叫，坐在地上手腳並用地向後連連躲避，眼中是難以抑制的驚恐。

而孫芳，經過最初的震驚之後，非但沒有後退，卻還伸著手向前進了兩步。

「向秋，真的……真的是妳？」

穆方掃視孫芳和秋荻二人，輕聲道：「她是李向秋，但已非凡人之軀，因有執念未了，無法入輪迴轉世，留世至今……」

「你不許說，別說了！」秋荻恐懼萬分，用力地捂住耳朵，語無倫次地驚恐大叫：「和我沒關係，為什麼叫我過來，別找我！」

望著秋荻，李向秋一言不發，臉上盡是慘然的笑。

突然，另一個激動的聲音傳入她的耳朵。

「向秋，妳是向秋……」

不知道何時，孫芳已經走到了李向秋的身前。

來。

「孫老師……」

剛才沒有掉一滴眼淚的李向秋，看著孫芳那驚喜而又關切的目光，淚水瞬間湧了出來。

孫芳一把抱住李向秋，緊緊攬入懷裡，嚎啕大哭起來。

「向秋啊，妳怎麼那麼傻，妳怎麼能這麼丟下我……」

李向秋流著淚，強自忍耐道：「我活著對所有人都是負擔，死了……」

「啪！」孫芳猛然鬆開李向秋，揚手打了她一個巴掌。

現在孫芳雖能與李向秋溝通，但畢竟人靈有別，看上去狠狠的一巴掌，李向秋其實不會感到疼痛，但就是這不痛不癢的一巴掌，讓她一下愣住了。

在李向秋的記憶當中，不管她犯怎樣的錯，孫芳從來沒動過她一根指頭。今天，是孫芳第一次動手打她。

「妳說什麼？妳怎麼能那麼說？」孫芳紅著眼睛哭罵道：「妳是我最好的學生，我看著妳一天天長大。妳把所有的苦都自己藏著，把所有的歡樂帶給身邊每一個人。這樣的妳，怎麼會是負擔！妳知道妳的離開，讓我們有多傷心……」

李向秋的眼淚再一次掉了下來：「可是，可是……」

「向秋，不要為不在乎妳的人難過，不管那個人跟妳有著怎樣的關係。」孫芳捧著李向秋的臉道：「向秋，對不起，是我沒有照顧好妳，但我想讓妳知道，妳的苦，我懂；妳的累，我也知道。我不能幫妳免除所有的煩惱，但我可以跟妳一起承受，為妳分擔。我想讓妳知道，妳從來不是孤獨一人……

「我不光是妳的老師，也是妳的……媽媽……」

李向秋的淚水猶如泉湧，嘴唇張了又張，終於哭喊出聲。

「媽媽……」

看著抱頭痛哭的孫芳和李向秋，穆方感慨萬千。

自己果然猜對了，天道雖無情，卻有公正的判斷。

骨血固然不能割捨，但也不能作為衡量親情的尺規。如果沒有一顆母親的心，即便生下孩子，也承擔不起母親這兩個字。

在李向秋發布任務後，天道沒有給出收信者的姓名。現在看來，當時天道就沒有認可秋荻是李向秋的母親。

孫芳是李向秋的老師，但她在李向秋身上投入的愛，比真正的母親還要偉大。

穆方默默地看著孫芳李向秋在那哭泣，而在遠處，也有人在望著他。

老薛和那隻烏鴉。

「血緣固然無法磨滅，但情才是真正的衡量標準。孫芳和李向秋沒有血緣，但慈師若母；若是無情無義，空有血緣也枉為人母。」烏鴉看了老薛一眼，意有所指道：「大人，您說呢？」

老薛神情不變，只言道：「天道不全，所以無法給出答案，而穆方找出了這個答案，是為補全天道。看來這一次，我真的選對了人。」

烏鴉似乎不太滿意老薛迴避自己的問題，隨口應和道：「穆方會是個合格的三界郵差。」

老薛道：「我要回靈界，之後穆方就交給你了。若是他能控制好二段開眼，就把『滅道』傳授給他，說不定那幅圖的下落，真要靠這小子找出來。」

老薛從懷裡掏出一塊白色玉片，遞給烏鴉。

烏鴉有些意外：「大人，我以為您只是想讓他追查線索，把這些玉片都給他，該不會真的打算讓他自己對付九靈篡命圖的主人吧？雖然那傢伙是一個愚昧者，但實力不俗，就算穆方學了滅道，我怕也……」

「九靈篡命，大逆天道，若是成功，天道受損，與三界郵差的宗旨相悖。這小子被天道認可到這種地步，又怎能避開？」老薛幽幽一聲嘆息，頗有幾分憂慮道：「他和篡命圖主人對上，多半是早晚的事，與其屆時手忙腳亂，倒不如提前有些準備。」

烏鴉若有所思，望向穆方。

此時，在李向秋的身側，多出一個一人高的螺旋形黑洞，陣陣輕風不斷地被吸入。

穆方看了一眼，對李向秋道：「向秋，妳執念已消，該入輪迴了。」

穆方也想讓李向秋與孫芳多相處一會，但輪迴之門出現的時間有限，如果晚了，李向秋就會失去轉世的機會。

「不，不要去！」不等李向秋說話，孫芳便攔在她身前，對穆方懇求道：「我知道您是高人，我求您可憐可憐向秋，讓她留下吧。」

穆方輕輕搖頭：「孫老師，陰陽兩隔，人靈殊途。向秋留在世間，對她沒有好處。」

「我求求您，求求您。我知道先前怠慢了您，請您大人不記小人過，放過向秋吧。如果有什麼責罰，都由我來承擔。」孫芳雙膝一彎，就要向穆方下跪。

穆方連忙將人扶住，輕聲解釋道：「孫老師，您誤會了。讓向秋入輪迴轉世，是對她最好的結果，強行讓她留下的話，她只能孤苦伶仃的一個人。今天妳們相見是一個難得的契機，可再過十幾分鐘，您別說與她交流說話，就連看都無法再看到。」

李向秋擦了擦眼淚，攬著孫芳的手臂。她也捨不得孫芳，但她知道，自己留下的話，就算能請穆方設法讓自己與孫芳見面，對孫芳也不是一件好事。

入輪迴轉世，除了自己可以得到解脫，更可以讓孫芳擁有自己的生活。

李向秋強笑道：「媽媽，我下輩子還會做您的學生，如果您想再看到我，就安心回校教書吧。說不定將來您班裡多出個小女孩，就是轉世的我呢。」

孫芳不禁破涕為笑：「妳這臭丫頭，倒是會安慰人……」

「孫老師。」穆方看了看輪迴之門，輕聲勸道：「輪迴之門快關閉了。」

在穆方再三解釋勸說下，孫芳才戀戀不捨地鬆開了手，李向秋也一步三回頭地走向輪迴之門。

看著李向秋走向輪迴之門，孫芳臉上在笑，但淚水沒有片刻停止，瘦弱的身子更是不住地顫抖，如果不是穆方攙扶著，早就無法站立了。

李向秋走了兩步，又頓住，將頭轉向癱坐在一邊瑟瑟發抖的秋荻。

如果不是被嚇得站不起來，秋荻早就跑了。輪迴之門出現後，秋荻更是害怕得連哭都哭不出來。

見李向秋看向自己，秋荻眼中驚恐萬狀，兩手不停在身前揮舞。

「別看我，別看我，我不跟妳走，不跟妳走……」

李向秋一聲苦笑，轉頭對穆方道：「即便她不願意認我，但終歸是讓我來到這個世界的人，所以……」

李向秋的話有些遲疑，但穆方聽懂了：「妳放心，我不會難為她，只是她犯了法，怕是難逃牢獄之災。」

李向秋感激地對穆方點了點頭。她不擔心法律懲罰秋荻，但她真的怕穆方做些什麼。作為靈體，她比別人更清楚三界郵差的厲害。

李向秋又再度轉向孫芳，縱然心中有千言萬語，卻只化為短短一句。

「媽媽，女兒走了……」李向秋猛然跪下向孫芳磕了三個頭，然後轉頭飛身遁入輪迴之門。

「向秋！」

在孫芳的抽泣聲中，李向秋的身形緩緩消散。

孫芳跌坐在地上，嗚咽抽泣著。

而秋荻，則大聲笑了起來。

「哈哈哈哈，走了，終於走了，走了……我要成仙了，成仙了……」

秋荻一邊笑著，一邊胡亂地抓起泥土拋向天空。指甲被地面折斷，手也被枯枝劃破，但秋荻好像沒有一點感覺，就在那笑著，喊著。

秋荻，瘋了。

輪迴之門漸漸消逝，穆方正要封閉靈目，突然感覺耳邊一陣蜂鳴，一條乳白色的光柱通天徹地，將其籠罩其中。

天道之引，現！

「鑄道補全，九九歸真。大道成一，缺九十八。」

伴隨著一陣鐘呂似的聲音，穆方體內的靈力沸騰不息，強度也直線上升。

片刻之後，他的靈力竟然又升了一個等級，一下子來到通靈境中期！

靈力增長如此之快，讓穆方自己都嚇了一跳，而遠處關注的老薛和烏鴉，也陷入了前所未有的震驚當中。

只是他們的震驚，並不是因為穆方的靈力。

「他才當三界郵差多久，竟然就開始『鑄道』了……」烏鴉難以置信道：「大人，如果我沒有記錯的話，之前也只有三個郵差有過鑄道吧。」

老薛一聲苦笑：「不錯，而且他們都是在完成無數次任務之後、靈力境界也很高的時候才鑄道，像穆方這樣的，沒人做到過。」

鑄道，鑄就新的天道，創造新的天地規則。若不是三界郵差這樣的特殊存在，就算是上古真仙也不可能做到。

但即便是三界郵差，像穆方這麼早就開始鑄道的，也從未有過。

老薛沉思道：「由此看來，他替宋東元送信那次，雖然看似任務失敗，但卻引起天道異動；而這次替李向秋送信，天道的最初反應並非是要修正以往的道，而是直接鑄就新道，創造一條新的規則。」

烏鴉眼神一閃，遲疑道：「大人，這小子的道是什麼，我看連他自己都不清楚，萬一和您所期望的相違……」

「鑄道哪有那麼容易？」老薛嘆息道：「九九歸真，完成九十九個被天道認可的任務，方可成就新的規則。從大道成一開始，接下來，每一個被天道認可的任務都會增加難度，到後面，恐怕就算替閻羅送信都不符合要求。」

烏鴉不禁：「說的也是。反正能不能鑄道並不重要，重要的是這小子摸到了天道的脈門。」

老薛點點頭，表情嚴肅了幾分：「現在他藉鑄道之勢，突破至通靈境中期，肯定可以學習『滅道』的前三道了。我返回靈界之後，你務必嚴格督促這小子，盡量讓他早日掌握。」

「好的，大人。」烏鴉沉聲回道：「既然他有這個潛力，我會不遺餘力地教導他，哪怕用上一些非常手段，也在所不惜。」

「啊嚏！」

此時，剛剛突破的穆方揉了揉鼻子，心中暗自奇怪。

靈力增強，反而會感冒嗎？

——《幽鬼宅急便02》完

高寶書版集團
gobooks.com.tw

輕世代 FW112
幽鬼宅急便02

作　　者　俗　人
繪　　者　言　一
編　　輯　林紓平
校　　對　謝夢慈
美術編輯　陸聖欣
企　　劃　林佩蓉
排　　版　彭立瑋
出　　版　英屬維京群島商高寶國際有限公司臺灣分公司
　　　　　Global Group Holdings, Ltd.
地　　址　臺北市內湖區洲子街88號3樓
網　　址　gobooks.com.tw
電　　話　(02) 27992788
電　　郵　readers@gobooks.com.tw（讀者服務部）
　　　　　pr@gobooks.com.tw（公關諮詢部）
傳　　真　出版部　(02) 27990909　行銷部 (02) 27993088
郵政劃撥　19394552
戶　　名　英屬維京群島商高寶國際有限公司臺灣分公司
發　　行　希代多媒體書版股份有限公司/Printed in Taiwan
初版日期　2014年11月

國家圖書館出版品預行編目(CIP)資料

幽鬼宅急便/ 俗人著.-- 初版. -- 臺北市：
高寶國際, 2014.11-
　冊；　公分. --

ISBN 978-986-361-075-5(第2冊：平裝)

857.7　　　　　　103016005